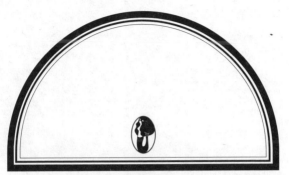

名門お嬢様学園 鬼畜生徒会の女体化調教

小金井 響

Madonna Mate

目次

contents

名門お嬢様学園　鬼畜生徒会の女体化調教

第一章　前立腺絶頂初体験

「……でありますので、この学園から世界で活躍する人材をより多く……」

桜の花びらが舞うころ、希望に輝く多くの瞳が、壇上の理事長と紹介された男を見上げていた。

今日は入学式だ。大勢の同級生たちと共に、有名デザイナーの手による紺のブレザーの制服を着た光《ひかる》は希望に胸を膨らませていた。

（男子は本当に少ないんだ……）

同じクラスの新入生はみな横一列に並んでいるが、男子は光を含めて六人で、あとの二十数名は色違いのグレーのジャケットに白のブラウス、そして紺のスカートを穿いた女子生徒だ。

それもそのはず、五年ほど前までこのK学園は、家政科などを持つ良妻賢母教育を謳《うた》った、勉強よりも情操教育を重視した全寮制の女子高校だった。

だが押し寄せる少子化の波には勝てずに経営が悪化し、とあるファンドグループに買収された。

グループは本土から船で二十分ほどの小島すべてを敷地とする学園の立地を利用し、勉学とスポーツ両面のエリート校を目指して再出発させた。

全国の高校から優秀な教師をヘッドハンティングして実現させたレベルの高い教育と、島からほとんど出られないので他の誘惑に晒されないということが教育熱心な親たちにうけ、わずか数年の間に人気校となった。

基本的には女子校なのだが、ファンドの方針でわずかながら男子も受け入れている。ただその入学基準は女子よりも遥かに厳しく、スポーツ、もしくは勉学に特に秀《ひい》でた者だけという条件付きだ。

(どうして僕みたいなのが合格できたんだろう……)

両隣にいる同じクラスの男子たちを見ると、眼鏡をかけたいかにも秀才タイプといった感じの者と、色が浅黒く体格のいいスポーツ少年に分けられる。

ただ光においては、成績はそれなりだが抜きんでているというほどではないし、スポーツに至ってはてんでだめだ。

「ねえ……あの子……女の子みたい」

壇上の理事長の話があまりに長いので飽きてきたのか、前に横一列に並んでいる隣のクラスの女子生徒がこちらをチラチラと見ている。

(いつもこれだ……)

女子のようだという興味本位の言葉も光はもう聞き飽きた気がする。

瞳が大きく鼻も丸めの可愛らしい形で、唇も小さく薄い光は赤ん坊のころからよく女の子に間違えられていたらしい。

それに加えて生来の色白に肩幅の狭い華奢な身体と、男であることを否定するような体型もあり、街を歩いているとナンパされることもしばしばだった。

「ほんとだ、可愛い」

女子が自分を見る、なんとも言えないにやけた視線にも、もう馴れた。

ああいう態度の女の子たちは光のことを人形かぬいぐるみのように扱うことが多く、決して対等の同級生の男子として見ることがないから、光もあまり深く関わりになりたいと思わなかった。

(でも全寮制の学校に来たんだし、いい加減、髪を切ろうかな……)

今の光は耳や襟足に少し髪がかかるくらいの、男にしては長めのストレートヘアだ。

小学生のころに女に見られるのがいやで丸坊主にしようとしたことがあるが、行きつけの理容室の奥さんに泣いて止められた。

なんでもせっかくの美しい容姿が台無しになるのが耐えられなかったらしい。

それ以来、極端な短髪にするのは諦めたが、海に囲まれたこの学校は、散髪のため月に一度理容師や美容師がやってくると入学案内にあったので、その際に頼んでみるのもいい。

(今度はちゃんとしっかりと男らしくしないと。朋弥《ともや》くんにも会えないよ)

こんな容姿の光だから、男子には虐められることが多かった。

特に中一のときの虐めはひどく、不登校になりかけた光だったが、それを救ってくれたのが一学年上の西崎《にしざき》朋弥だった。

彼もまた美少女のような色白の美しい見た目の少年だった。だが光と違うのは運動神経が抜群で腹も据わり、なにより喧嘩が強かった。

虐めていた同級生たちは、上級生とはいえ女の子のような朋弥を舐めてかかったのだが、全員があっという間にのされてしまった。

朋弥は別にヤンキーでも番長でもなかったが、自分と同じような悩みを持つ後輩が虐められていると聞いて、居ても立ってもいられずに助けに来てくれたそうだ。

「さっき上級生のほうも見たけどいなかったな……早く会いたいなあ、朋弥くんに」

勉強もよくできた朋弥は昨年合格してこの島で学園生活を送っているはずだ。

入学式には上級生たちも参加しているので、入場の際に光は探してみたのだが朋弥の姿は見えなかった。

学園では寮の建物も学年ごとに区別されているので、オリエンテーションなどで自由が制限されている新入生の光は、一年ぶりの朋弥に会うことはいまだ叶っていなかった。

（僕もしっかりして、恥ずかしくない人間にならないと……）

誰よりも尊敬し、そして憧れている朋弥に認められる人間になること、その思いで光はK学園を志願したのだ。

「頑張らないと」

ようやく理事長の話が終わった体育館の壇上を見上げて、光は誓った。

入学式のあとすぐに授業が始まるわけではなく、教室に集められて担任の教師から学校生活でのオリエンテーションを受ける。

昨日の入寮から注意事項の説明ばかりで、みんな、うんざりといった雰囲気だが、孤島の全寮制高校という特殊な環境だから仕方がないと光は思っていた。

「では次に体育の授業時の着替えについて。女子は教室で、男子は専用の更衣室を使うことになる。男子トイレも下の階にしかない。ここは男が少数派で肩身が狭いが、まあ男子諸君は早めにトイレに行って、間違っても、間に合わないから女子トイレに駆け込むなんてことがないように」

気怠《けだる》い感じの教室の空気を和ませようと、担任が冗談を言うが、生徒たちは疲れているのか少しだけ微笑むくらいだ。

そのとき、教室の戸をノックする音が響いた。

「失礼します。生徒会からご挨拶に来ました」

入ってきたのは上級生の女子生徒数人だった。

K学園の制服はブレザーなので、男子はネクタイ、女子は大きめのリボンを付けるようになっている。

それぞれが学年ごとに色分けされていて、カラーは男女共通だ。

「ど、どうぞ」

担任教師は素早く場所を譲っただけでなく、教壇の上から降りてしまった。

遠慮しているというよりは、なにか彼女たちを恐れているような感じだ。

「では少しだけ時間をちょうだいしますね、先生」

黒板の前に横並びになった先輩たちの真ん中にいる生徒が、にっこりと微笑んで担任教師に頭を下げた。

(すごく綺麗な人だな)

切れ長の瞳をした先輩は色が抜けるように白く、そして、鼻筋も高く通っている。

さらには背筋もピンと伸びてスタイルの均整が取れているので、光はつい見とれてしまう。

女っぽい見た目とはいえ光も一人の男だから、綺麗な女性を見れば心がときめいたりもするのだが、彼女はそんな思いすら浮かばないほど凛とした雰囲気をまとっていた。

「生徒会長の桂川綾乃《かつらがわあやの》です。みなさん、入学おめでとうございます」

静かながらも威圧感のある口調で綾乃が話しだすと、教室に立ちこめていた気怠い雰囲気が一瞬で吹き飛んだ。

「ちょっと待ってください、会長」

続けてなにかを話そうとした綾乃を、彼女の隣にいる長身の美女が止めた。

「あなた、その髪はどういうつもり？　あらかじめ校則を読んで身だしなみを整えてくるように言われていたでしょう」

長身の美女は教壇を降りると、光よりも二列向こうの席に座る女子生徒の前に歩み寄った。

背が高いだけでなく、全体的にグラマラスな身体をしていて、後ろから見るとスカートのヒップのところがはち切れそうになっている。

「うるさいなあ、そんなの先生ならともかく、あんたに言われる筋合い、ないっしょ」

その女子は反抗的な態度で長身美女を睨みつけた。

光も最初から気がついていたが、彼女は髪の毛が茶色目でリボンも緩く、校則どおりの服装が多いクラスの中では明らかに浮いていた。

ただトップレベルの進学高だけあっておとなしい子が多いようで、光を含めて指摘する者がいなかっただけだ。

「ほんとに校則を読んでないのね。この学園で下級生が上級生を『あんた』なんて呼ぶのは違反です。私は副会長の白崎七菜子《しらさきななこ》よ。だから白崎さんか白崎先輩と呼ぶようにと生徒手帳にも書かれていたはずです」

言葉遣いは丁寧だが七菜子はドスの利いた声で女子を見下ろしている。

長身の彼女が上から睨みつける姿は迫力満点で、気の弱い光など見ているだけですくんでしまった。

「へー、さん付けで呼んだら成績が上がるんすか？　教えてくださいよ、七菜子ちゃん」

少女も気の強さでは負けていないのか、イスから立ち上がると顔を近づけて言い返す。

「そうね、頭がよくなるかどうかはわからないけど、少なくともあなたの頭が悪いのはばれなくていいかもね」

下から目を剝いて睨みつける少女に対し、七菜子は薄ら笑いすら浮かべ小馬鹿にするように言い放った。

「なんだってえ！　もういっぺん言ってみろよ」

逆上した女子は七菜子のリボンを摑んで引き寄せようとする。

かなり強く引いたようにも見えたが仁王立ちする七菜子の身体はびくともしない。

「セヤッ」

そして逆に七菜子は女子の腕を取ると、捻り上げながら下に引っ張った。

「きゃっ、ぐふっ」

合気道かなにかの技だろうか、女子の身体が空中で一回転して床に叩きつけられた。腰や背中を強く打ちつけたのか、女子は息を詰まらせて悶絶している。

(先輩だからって、ここまでしなくても)

いくら向こうが突っかかってきたとはいえ、これでは明らかに暴力だ。

光はちらりと担任教師に目をやるが、彼はまるでなにも見えていないとばかりに窓のほうを向いたままだ。

「副会長、それくらいにしておきましょう。新入生をあまり怖がらせてはいけません」

こちらは笑顔すら浮かべながら会長の綾乃が余裕たっぷりに七菜子を止めた。

「はい、会長。ほら立ちなさい」

七菜子はいまだ床に横たわったままの女子を強引に引き起こして席に座らせた。

「あなたには生徒会による特別指導を行うことにします。今日の放課後に生徒会室まで来なさい」

冷たい口調を浴びせた七菜子はくるりと背を向けて教壇に戻った。

「みなさん、お騒がせしてすいません。私たちが伝えたいのはきちんと校則や寮則を守り、秩序正しい生活を送ってほしいということです」

教卓に両手を置いて綾乃は静かに話を再開した。

「K学園の様々な規則が堅苦しいと感じる人もいるかもしれませんが、それらはすべて先輩である生徒の手によって作られたのです。K学園の生徒会には自治権があり、みんなで話し合って学校を運営していくのです。なんでもかんでも先生を頼りにするのではなくね」

そこまで言って綾乃は目を担任に向けた。

「そ、そうだ。授業以外のことはほとんど生徒会に一任されている。中学のころは先生たちが生活指導をすることもあったろうが、K学園では生徒会が行う」

少し咳払いをしたあと、担任教師が綾乃の言葉を肯定した。

(なんだか先生のほうが気を遣って……変な感じ)

どこか怯えたような教師の態度に光は違和感を覚えた。

級友たちも同じように思っているようで、みな一様に驚いた顔をしている。

「指導をするということは罰則を与えることもあります。すなわちこのK学園では教師の許可を得なくても悪いことをした生徒に生徒会による処罰が与えられるのです」

どのような罰が与えられるのかに綾乃は言及しなかったが、先ほどの七菜子の行いもこの学園では肯定されるということだとクラスメイトたちは解釈し、教室に一気に緊張が走った。

「うふふ、そんなに怖がらないで。私たちは生徒を取り締まる警察ではないのですから。逆に先生に理不尽なことを言われたりした生徒がいたら、いっしょに苦情を言いに行くこともあります、ですよね？　先生」

優しげな笑顔を浮かべた綾乃はまた担任に顔を向けた。

「そ、そうだ。そのようなケースも聞いたことがある。私は見たことはないが……」

担任の声が明らかにうわずり、恐れるように顔を引き攣らせていた。

「私たち生徒会はあくまであなたたちのことを思って行動します。なにか相談事がありましたらいつでも生徒会室にいらしてください。では、みなさん、K学園での生活を楽しんでください」

綾乃は深々と頭を下げると、出入り口の扉に向かって歩いていく。

そのとき、一瞬だけ光のほうを見つめて微笑んだ。

(え、僕を見て笑った。どうして……)

美しい綾乃の瞳が自分に向けられたとき、彼女の口角が少しだけ上がったように光は感じた。

その表情は美しくも淫靡で妖しげな雰囲気があり、光は恐怖と嬉しさが入り混じるような変な気持ちになった。

翌日、登校した瞬間、光は驚きに凍りついた。

いや、光だけではなく、クラスのほぼ全員が教室に入るなり目を見開いている。

それは昨日、副会長の七菜子に逆らって床に叩きつけられた女子が原因だった。

同じ席に座る彼女は、服装がきちんとしているだけでなく、長くて茶色かった髪は黒髪のおかっぱ頭に変貌していた。

黒い色も無理やり染め直されたような漆黒だ。

（なにがあったら、あんな風に……）

なにより光が恐ろしいのは、昨日あれだけ勢いのよかった女子生徒が、目は虚ろで完全に心が折れた表情をしていることだ。

どんな目にあえば、たった一日であそこまで変貌してしまうのか。

「私、部活の関係でみんなより一週間早く来てて、そのときに先輩たちに注意されたんだけどさ……」

愕然とする光の後ろの席に座る女子が、隣の生徒に話しかける声が聞こえてきた。

「この学校じゃ生徒会の権力ってすごいらしいよ。特に昨日の生徒会長、あの人って理事長の娘らしくてさ、彼女と揉めた先生が次の日には学園からいなくなったって。だから生徒会には絶対に逆らうな、なにかあったら相談しろって……」

ぼそぼそとした会話に聞き耳を立てる光はまた凍りついた。

扉が突然、がらりと開き、そこになんと生徒会副会長である七菜子が立っていたのだ。

「い、いやっ」

七菜子の姿を見るなり、黒髪のおかっぱにされた昨日の女子が両手で顔を覆い、ブルブルと震えだした。

彼女の尋常でない怯えようを見ていると、光の恐怖心はさらに強くなった。

「みなさん、そのままで。休み時間だからどうぞご自由に」

七菜子は笑顔を見せて言うが、もちろんクラス中の生徒が静まりかえり、動く者すらいない。

昨日、投げ飛ばした女子にさらに追い討ちでもかけにきたのかと思ったが、七菜子は彼女を一瞥もせずに、大股で光のほうに歩いてきた。

「君が大里《おおざと》光くんで合ってるかしら？」

目の前に来た七菜子は仁王立ちで光を見下ろしている。

「は、はい……」

ショートボブの髪を揺らし、大きな瞳でじっと見下ろす七菜子と相対していると、気の弱い光は身体がすくんで声がかすれてしまった。

「そう。今日、私は生徒会の副会長ではなく演劇部の部長としてきたの。大里くん、君は明日の放課後から演劇部員として練習に参加するように。いいわね？」

笑顔だがはっきりとした命令口調で七菜子は言った。

「え……そんな……僕は演劇部に入るなんて一度も考えたこと……」

中学時代は帰宅部だったし演劇のことなど興味を持ったこともない光は、ただただ驚くばかりだ。

「これはもう決定事項だから。では明日、ここにある演劇部の部室で」

光の言葉など耳に届いていないかのように七菜子は地図が書かれたメモを机に置いてくるりと背を向けた。

「あ……あの僕は」

ようやく言葉を振り絞った光だったが、すでに七菜子は扉の向こうにいた。

「演劇部って……副会長が部長なんだ」

「これも先輩から聞いたんだけどさ、演劇部は生徒会とは逆に会長の桂川先輩が副部長でさ、メンバーも生徒会と被ってるって。あと予算や権力も運動部より上らしいよ」

後ろで話す女子の会話が、光のショックにさらに拍車をかけた。

「えっ、西崎朋弥、ああ、あいつか」

終業後、光は二年生の男子寮を訪れていた。

学年ごとに寮の建物が違うので、一年生はしばらく自分たちの建物から出てウロウロしないようにと言われていたが、いてもたってもいられなかった。

生徒会の人間がほとんどを占めるという演劇部への入部をほぼ強制的に決められ、光は不安で押しつぶされそうで、朋弥に会いたくてたまらなかった。

別に彼に演劇部への入部をなんとかしてもらおうとまでは考えていないが、会えばこの恐怖が少しは和らぐような気がした。

「彼は特別開発クラスに抜擢されて、専用の寮に移ったから、ここに部屋はないよ」

「え？」

たまたま二年生の寮にいた、自分よりもかなり体格のいい上級生に勇気を振り絞って訪ねると、意外な答えが返ってきた。

「ああ、君は新入生か。そりゃ、知らないのも仕方がないよね。この学園には選ばれた生徒だけが入れる特別のクラスがあるんだよ。そこは寮も校舎も他の生徒とは別なんだ」

私服を着ている光を上級生はすぐに一年生だと気がついて、丁寧に説明をしてくれた。

特別開発クラスは、選抜基準が生徒側にはいっさい知らされていないが、学園が特に才能があると見込んだ者のみを集めたクラスらしい。

校舎や寮も一般生徒のものよりもかなり豪華で、なんでも食事は最高らしい。そう上級生は言った。

「ほら、少しだけ白い建物が見えるだろ？　あそこだよ。でも俺ら一般人は立入禁止だから、君も気軽に会いにいったりしちゃだめだよ」

彼が指さしたのは、島の中心にある小高い山の方角で、緑の森の中に少しだけコンクリートの建物がのぞいていた。

「そ、そうですか、ありがとうございました」

上級生に丁寧に礼を言って、光は帰途につく。

（そんな特別なクラスに選ばれるなんて、さすが朋弥くん。僕もしっかりと頑張らな

きゃ）
同じ学園の中にいればいつかは偶然でも会う日が来るかもしれない。
そのときに恥ずかしくないような人間になっていようと光は心に誓った。

「ここか……」

昨日、七菜子から渡された地図のとおりに歩いていくと、他の部の部室が並ぶ場所のさらに奥まったところに目的の場所があった。

「大きい……」

演劇部と看板が掲げられたその建物は、二階建てで、光の実家三軒分ほどはありそうな大きさだ。

道すがら運動部の部室の前も通過したが、比べものにならない大きさだ。

今日の休み時間、先輩からいろいろ聞いているという後ろの女子がまた噂話をしていたが、演劇部の潤沢な予算は理事長が愛娘のためにポケットマネーから活動費を出しているらしかった。

「でも、ちゃんと断らないと」

朋弥にいつ会っても恥ずかしくない人間になるために、強く生きていこうと決意した光は、演劇部の入部を絶対に拒否しようと決めていた。

七菜子の大きく威圧的な目を思い出せば、正直、心がすくむのだが、光は懸命に自分を奮い立たせていた。

「あら、もしかして大里くん？」

入口の前で立ったまま建物を見上げていると、後ろから女性の声がした。

「は、はい、そうです」

「部長から話は聞いてるわ、そんなところにいないで早く中にお入りなさい。私は三年の幸田《こうだ》瞳《ひとみ》、歓迎するわ」

かなり美しい顔立ちをした瞳はにっこりと笑うと、制服姿の光の背中を押してきた。

「あの、ちょっと僕は」

断りに来たのですと言おうとした光だが、強引に玄関の中に押し込まれた。

「ここは稽古場なの。お茶でいいかな？　おかわりはいくらでもあるから言ってね」

板張りの、教室よりも広い部屋に連れてこられた光は、瞳が出してくれたパイプイスに一人座った。

さらに彼女は稽古場の隅にある冷蔵庫から冷えたペットボトルのお茶を持ってきて、

光に渡した。

学校のクラブ活動でペットボトルが飲み放題とは、後ろの席の女子が言っていたとおり、演劇部はかなり特別なようだ。

「部長ももうすぐいらっしゃるから、少し待っていてね」

瞳は明るく言うと、稽古場から出ていった。

「ふう……」

広い稽古場の真ん中にぽつんと置かれたパイプイスに座り直し、ため息を吐いた光は、あたりを見渡した。

以前テレビで見たことがあるミュージカルの稽古場のような部屋は、広いだけでなく、壁一面の大きな窓に上には天窓まであってかなり明るい。

窓の反対側の壁はすべて鏡張りになっていて、イスに座る光の姿も爪先から頭まですべて映し出されていた。

「髪の毛……切ってきたらよかったかな……」

まだ校則に違反するほどではないが、光の黒髪は襟足や耳元が少し長くなっている。

これが七菜子のかんに障《さわ》って投げ飛ばされたりしたらと思うと、怖くなってくるのだ。

「でも、しっかりとしなきゃ」

自分は入部を断るためにここにきたのだから、いくら七菜子が学園では権力の側にいて、腕力でもまったく叶わないとわかっていても、恐れている場合ではないのだ。

「演劇になんか興味はないんだし」

稽古場にいると本当に別世界にいるような気がする。

物心着いたころから内向的な性格の光は、大勢が見つめる舞台の上に自分が立つなど考えられなかった。

「お待たせしてごめんなさい。生徒会の用事があったものだから」

そのとき、扉が開いて七菜子が稽古場に入ってきた。

先ほどの瞳と、他に三人の女子がいる。リボンの色から見るに全員が上級生だが、みな高校生にしては大人びた美人ばかりだ。

「先輩が来たのに後輩が座っていたらだめじゃないの」

この前と同じように大股で歩いてきた七菜子は、光の前に仁王立ちして見下ろしてきた。

「は、はい、すいません」

彼女の迫力に身がすくむ思いで、光は慌てて立ち上がるが、身長が百五十五センチしかない光が見下ろされていることに変わりはない。

「まあいいわ、部のしきたりはこれから覚えればいいから。とりあえず演劇部にようこそ、大里光くん」

一転、にっこりと笑った七菜子は優しい口調で言った。

笑うと大きな瞳が細くなり、十代らしい可愛らしさが見えて、光はつい見とれてしまった。

「え、いや、部長さん。ぼ、僕は演劇部に入らないと言おうと思ってここに」

ただいつまでも見惚れている場合ではない。しっかりと自分の意思を伝えて入部を拒否しないとならないのだ。

「七菜子でいいわよ。でも演劇部に入るのはもう決定事項なの、そのためにK学園にあなたは来たのだから」

光の訴えを聞いても七菜子は眉一つ動かさずに、淡々とした口調で答えた。

「僕は演劇部に入った経験もないですし、興味もありません」

いつもの光なら七菜子の迫力に圧倒されて下を向いてしまっていたかもしれないが、今日は絶対に引き下がらないと決めていた。

そうでなければ朋弥に笑って会える男になれないからだ。

「それに僕が演劇部に入るために学園に来たってどういう意味ですか？　もしかして誰かと間違えているんじゃ」

まるで最初から演劇部に入ることが決まっていたかのような七菜子の物言いに、光は首をかしげた。

他に演劇の才能がある男子生徒と勘違いされているくらいしか、納得できる理由が思いつかない。

「なに一つ間違えていないわ。大里光くん、じゃあ、あなたはどうして自分がこのK学園に合格できたと思う？」

七菜子は光の華奢な両肩に手を置いて、しっかりと見つめてきた。

「まあ合格の理由は会長……いえここでは副部長の綾乃さんからあとで説明があるわ」

同級生であるはずの綾乃に「さん」をつけて七菜子は言った。

いくら会長とはいえ妙によそよそしい気がして、光はますます綾乃がこの学園では特別な存在なのだと自覚させられた。

「まずはあなたがこの演劇部でなにをするのか体験してもらうわね。言葉で説明するよりそのほうが早いから」

口角が上がったなんとも淫靡な笑みを浮かべた七菜子が、光の首のネクタイをするりと解いた。

「えっ、な、なにするんですか⁉」

彼女の言葉の意味も、そしてネクタイが外された理由もわからず、光はただ狼狽するばかりだ。

ただ七菜子はそんな光を無視したまま、ネクタイに続いてジャケットを剝ぎ取り、シャツのボタンにまで手をかけた。

「やめてください、離して」

どんどん服を脱がされていることに驚いて、ようやく自分を取り戻した光は慌てて七菜子の手を振り払おうとする。

だが後ろから別の太い腕で羽交《はが》い締めにされ、それも封じられた。

「えっ、離してください、先輩」

背後に立つ三年女子は七菜子のように背が高いだけでなく、肩幅もかなりあって体格自体が大きい。

「穂香《ほのか》は膝をケガするまでは女子バレーの日本代表候補だった子だからね、抵抗しても意味ないわよ」

確かに穂香の腕力はとても女性のものとは思えず、華奢な光は身動きすらとれなかった。

「いやっ、お願いですから、やめてください」

それでも光は腰を捻って抵抗するが、あっという間にズボンも脱がされてボクサーパンツ一枚の姿にされた。

「い、いやだっ、見ないで」

光とて男の端《はし》くれ、プールや海などでは海パン一枚になる。だから異性に上半身を見られるくらいなんともないはずなのだが、彼女たちの目つきが妖しげというか、いやらしい雰囲気を帯びているような気がして、羞恥心がこみ上げてきた。

「『見ないで』なんて、うふふ、可愛い」

横で様子を見ている瞳が嬉しそうに笑う。

彼女もまたさっきまでの優しげな雰囲気とはうって変わり、淫らな表情を見せているのが恐ろしい。

「笑ってないで。瞳、この子の制服持ってきて」

ついに靴下まで光の身体から引き剝がした七菜子が言うと、瞳は稽古場の壁にある扉を開き、中にあるクローゼットのようなところから、ハンガーに掛けられたジャケットを取り出してきた。

「えっ」

瞳の手にある服を見て光は目を見開いて硬直した。

ハンガーにかかっているのはK学園の女子用のジャケット、そしてスカートとブラウスだった。

「きっと似合うわよ」

瞳はハサミで止められているスカートを外すと、七菜子に手渡した。

「あっ、いやです。やめて、それは女の子の」

顔も体格も女子っぽい光は、中学のときもよく女の先輩などにおふざけで私の制服を着てみて、などと言われたことがある。

そのたびに顔を真っ赤にして嫌がる光を見てみんなが笑うのだが、そんな経験もあり、冗談でも女装をするのはいやだった。

「うふふ、そんな可愛い顔をしてるんだから、ズボンなんか穿いてたらもったいないわ」

七菜子は叫ぶ光におかまいなしにスカートを真っ白で細い両脚に通し、たくし上げてホックを留める。

ブラウスやジャケットはうまく後ろの穂香と連携し、光の抵抗を封じながら着せていった。

「うわあ、すごく可愛い。自分がいやになるわあ」

最後に一年生女子の色のリボンを光の首に結んだ七菜子は、嬉しそうに、そして半分呆れたように笑った。

確かに顔は女子そのもののうえ、手脚も細い光にはスカートの制服がよく似合っていた。

特にスカートの長さが少しミニになっているので、露出したすべすべの膝小僧や太腿が稽古場の明かりに輝いていた。

「確かに七菜子はあんまり制服似合わないもんね」

横から瞳が大柄な七菜子を冷やかすように笑った。

「うるさい、あんただって足が太いからこんなミニスカ穿けないくせに」

七菜子が悔しそうに言うと、みんながキャッキャッと笑いだす。

「もういいでしょう、脱がせて」

すっかり彼女たちの前で晒し者になっている光は、懸命に腰をよじらせて叫んだ。

怖い七菜子が相手とはいえ、これ以上の屈辱には耐えられなかった。

「うるさいわねえ。もう制服も着せたし、さっさと吊るしてしまおうよ」

光を羽交い締めにしている穂香がめんどくさそうに言う。

彼女もまた顔は美少女と言っていいほど可愛らしい顔立ちなのだが、とにかく力は光の男友だちよりも強いように思えた。

「オッケー」

彼女たちは気安い会話を交わしながら脚立を用意すると、ロープを持ってきて、天井に何本か通っている鉄のパイプのようなものに結びつける。

そこからだらりと垂れ下がったロープの先端に、黒革でできた手錠を結びつけた。

「やっ、やめてよう、離して、いやっ」

光は最後の力を振りぼって懸命に抵抗するが、穂香の腕から逃れることはできない。

七菜子たちは折れそうなほどに細い光の手首に手錠をかける。

「ああ……」

光は両腕を束ねて頭の上に吊るされ、屈辱の女装を自分の力で脱ぎ捨てることすらできなくされてしまった。

「ふふ、本当に男とは思えないわねえ、すごく綺麗」

女子たちは光の前にずらりと並び、爪まで美しい足の先から白い両脚、そして不慣

裾がフワフワと揺れている光のミニスカートの中に両手を突っ込んだ七菜子は、股間にあるボクサーパンツを一気に引き下ろした。

「あっ、いやっ」

いきなり脱がされて光は腰を引くが、七菜子は足先からパンツを抜き取り、大きくスカートを捲り上げた。

「えっ、なにこれ……」

女子よりも細く柔らかそうな光の股間にぶら下がる逸物が現れ、それを目《ま》の当たりにした七菜子が目を見開いて固まる。

後ろにいる先輩女子たちも同じ顔をして呆然としている。

「こんなに大きいの……初めて見たわ」

身体自体はまったく男らしくない光だが、股間の逸物だけはやけに大きかった。

だらりとしていても肉棒の先端が太腿の真ん中近くにあり、勃起したら亀頭がへそを覆い隠してしまうほどだった。

「いやだ……お願い、見ないでよう」

光は涙声になって、吊られた腕に顔を擦りつけるようにして横を向く。

あまりに不似合いな巨根はどこに行っても注目の的で、中学生からは家族旅行に行っても大浴場に入るのは避けていたが、修学旅行ではそうもいかずクラスメートの注目を浴びてたまらなく恥ずかしい思いをした。

「素晴らしいわ。女の子みたいな身体にこの巨根、ふふ、とっても人気者になれるわ」

七菜子が驚いた顔を見せたのは一瞬だけで、恐れるどころか目をランランと輝かせて肉棒を摘まんだ。

「人気者ってどういう意味ですか、あっ、はう」

彼女の言葉の意味を問いただそうとした光だったが、柔らかい女性の指が亀頭に触れると、むず痒いような快感が湧き上がってつい声を漏らしてしまった。

「私が教えなくてもそのうちわかるわ。じゃあこのおチ×チンが大きくなった姿を見せてもらおうかしら。瞳、ローションを持ってきて」

七菜子は自分の首元のリボンを緩めると、肉棒を摑む指を絡めるようにして亀頭を擦りはじめた。

「あうっ、やめて、ううっ、くうう」

もちろん光も年ごろの男の子だからオナニーをしてはいるが、他人の、それも自分と同じ年ごろの女性に局部を触られるのは初めてだ。

(人にしごかれるのってこんなに……)

他人の指の動きはまったく予想がつかないせいか、気持ちがいいところに当たっているようないないような微妙な感覚がする。光は呻き声をあげ、無意識に腰をくねらせていた。

「はい、七菜子」

そうこうしているうちに瞳が、プラスチックのボトルを七菜子に手渡した。

逸物を握りしめたまま器用に口でキャップを外した七菜子は、ボトルの中身を竿のあたりに垂らしていく。

「うっ、冷たい」

透明の液体の感触に背中を引き攣らせた光の肉棒が、あっという間にぬめりのある液体にまみれ、ヌラヌラと妖しげな輝きを放ちはじめた。

「すぐに慣れるわ。ほらぬるぬるして気持ちがいいでしょう?」

七菜子は肉棒を握る手の動きをどんどんと速くしていき、竿から亀頭を勢いよく擦っていく。

「ううっ、それはだめ……くうう、ううう」

ローションによって摩擦が奪われているおかげで、どれだけ強くしごかれても痛みは感じず、ただ肉棒の根元が震えるような快感が湧き上がるだけだ。

恐怖に怯えた状況で肉棒が反応するはずがないと思う光だったが、彼女の手のスピードが上がると快感も増していき、一気に血液が流れ込んでいく。

(無理やりされてるのに、どうして……僕……)

自分の肉体の反応に驚く暇もなく、逸物は硬化し、太く逞しい肉柱となって反り返った。

「うわあ、すごい。まだ大きくなるんだ」

ついには大柄な七菜子の長い指でさえも回らなくなるまで膨張した巨根を、瞳や穂香が目を丸くして見ている。

ただその表情は笑顔で、血管の浮かんだ肉竿や拳大の亀頭までを舐め回すように見つめていた。

(この人たちおチ×チンを見慣れてる? 高校生なのに)

大きい光のモノを見ると同性でも言葉を失う者が多いのに、七菜子たちは嬉々としている。

他の男子生徒にもこのような行為をしているのではないかと考えると、光は恐ろしくてたまらなかった。

「ふふ、もっと感じさせてあげるわ、光ちゃん」

女たちの中でも七菜子は特に目をランランと輝かせていて、その表情には狂気すら感じる。

わざとちゃん付けで呼んだ七菜子は肉棒から手を離すと、自分の首のリボンを解きブラウスのボタンを外していく。

「この大きいおチ×チンに対抗するには私もそれなりのことしないとね」

ブラウスも勢いよく脱いだ七菜子は中から現れた薄いブルーのブラジャーのホックを外す。

「ええっ」

いきなりのストリップに目を丸くする光の前で、レースがあしらわれた大きなブラカップが下に落ち、巨大な二つの肉房が飛び出してきた。

勢い余って上下にユサユサと弾む七菜子の巨乳は、小柄な光では両手にも余るのではないかと思うほどのボリュームがあり、張りがあって形も美しい。

ただ巨乳なりに大きめの乳輪部はこんもりと盛り上がっていて、なんとも淫靡に見えた。

「どう、すごいでしょ七菜子のFカップ」

両腕を吊られ女子の制服を着せられた美しい少年にまとわりつくように身体を寄せて、背後から瞳が囁いてきた。

「Fカップ……」

童貞の光は女性の乳房のサイズに詳しいわけではないが、それがかなりのものだということはわかる。

実際に七菜子はウエストも恐ろしいほど引き締まっているので、乳房のせり出しが大きく、巨大さに拍車をかけているように思えた。

「あはは、ビクビクしてる。男ね、光ちゃんも」

光も思春期の少年だから、こんな見事な乳房を見たら、本能が刺激され身体にも反応が出てしまう。

元から反り返っていた肉棒がさらに硬さを増し、脈を打ってうごめいていた。

「ああ……見ないで……」

怒張の根元あたりにスカートが引っかかっていて、それがなんとも異様に見える。

女装姿を先輩女子に見つめられるという屈辱の中で、自分が男の性欲を露《あらわ》にしているのが恥ずかしく、それを凝視されるのがつらかった。

「うふふ、腰引いちゃだめ。せっかく七菜子が気持ちいいことをしてくれるんだから」

瞳の言葉に羞恥を加速させて、吊られた身体をよじらせているうちに、足元に膝をついた七菜子がグラマラスな身体を光の両脚に密着させていた。

「そうよ、楽しいのはこれから。光ちゃんは声が出やすい体質みたいだけど、気にしないでAV女優みたいな大声で喘いでいいのよ」

恐ろしいことを言いながら七菜子は自らその巨乳を持ち上げると、ギンギンに昂《たかぶ》っている巨根を挟み込んできた。

「そんなAVの人みたいになんて、あうっ、あっ、あああ」

男の自分が女性の、それもエッチな声を出すはずがないと光が反論しようとしたが、柔らかい乳房が肉棒を包み込むと、腰が震えるような快感が湧き上がり、どうしようもなく声を漏らしてしまう。

元々、光は声質が高めなので、喘ぎ声はまるで女性のようだ。

「そうそう、それでいいのよ。スケベな顔して気持ちよくなるところをお姉さんに見せるの」

可愛らしいデザインの制服に包まれた光を取り囲んでいる演劇部員の一人が、にやりと笑って煽ってくる。

この生徒はリボンが二年生の色で、光は名も知らぬ女性の視線をあらためて意識させられ、羞恥心がさらに強くなる。

「あうっ、お願いです。くうう、見ないで、あああっ」

黒髪を乱れさせて首を振る光だが、なぜか背中にぞくりと震えが走る。

(どうして僕は……こんなに)

その震えは悪寒ではなく、なにか期待にときめくような感覚で、胸の奥も締めつけられ肉棒がさらにいきり立つ。

性経験もない自分がなぜこんな屈辱的な行為で反応しているのか、光は戸惑うばかりだった。

「ほんとに気持ちよさそうね」

足元では七菜子が乳房の上下運動を開始し、両腕で激しく揺すってきた。

「くうっ、もうやめて、ああっ、あああっ」

いやらしい声は出すまいと光は歯を食いしばるが、自然と喉の奥から湧き上がってきてしまう。

七菜子の乳房は柔らかいだけでなく、肌もしっとりとしていて、そこにローションのぬめりが加わって、まるで吸盤のように柔肉が亀頭に吸いついてくるのだ。

「はうっ、ああっ、もう、止まって、ああっ」

肉棒はあっという間に痺れきり、ビクビクと痙攣をはじめる。

女生徒と同じ格好の美少年が、捲れたスカートから巨根を反り返らせて身悶える姿はとてつもなく淫靡で、取り囲む女生徒たちがいっせいにつばを飲み込む。

「ふふ、エッチな顔になってきたわよ、光ちゃん」

横で嗤いていた瞳が今度は両腕を上げた光の背後に回り込み、ブラウスのボタンを外していく。

白いブラウスの前が大きく開かれ、艶やかな肌の首にリボンだけついていて、かえって卑猥に見える。

「いっ、いやっ、これ以上なにを」

瞳が悪巧みをしているのは一目瞭然で、光は必死で逃げようとするが、肉棒を挟み込んだ巨乳がずっと激しく上下に動いて亀頭のエラや裏筋を擦りつづけていて、下半身が痺れきって力が入らなかった。

「心配しないで、下だけじゃなくて上も気持ちよくしてあげるだけよ」

瞳は静かに囁くと、ほとんど筋肉のない光の胸にある、ピンク色をした二つの乳首を指で軽く押してきた。

「ひあっ、だめ、やめて、あっ、離して、ああっ」

もう大きな目を涙に濡らして訴える光だが、痛くて嫌がっているのではない。

彼女の指先が優しくこねるように乳頭を愛撫すると、切ない痺れが背中まで突き抜け、身体がさらに熱くなるのだ。

「うふふ、乳首も立ってきたわよ。敏感なのね」

「あうっ、もうやめて、ああ、あああん」

乳首からの電流のような痺れと、柔肉に包み込まれた肉棒からの蕩けるような快感に、光はもうなすすべもなく大きく唇を割り悲鳴をあげる。

その音色は光がずっと拒絶してきた女の子のような甲高い響きだった。

「うふふ、ここから見るとほんとに女の子そのものって感じ」

「ほんとね、チ×コがついてなかったら私たちより、女よね。見た目だけじゃなくて、喘ぎっぷりもエッチな声も」

光の身体を前後ろから責める瞳と七菜子以外の先輩女子が、わざと距離を取って見つめながら笑いだす。

「ああっ、いやああ、違う。ああん、僕は男です、ああん、ああっ」

懸命に首を横に振って否定する光だが、喘ぎ声が止まらない。

（女に見られるのだけはいやだ……なのに……）

物心ついたときからその少女のような容姿を馬鹿にされてきた光にとっては、一番の屈辱なのだ。

だが正面の壁一面に張られた鏡に映る自分が視界に入ると、彼女たちが言っていることを嘘だと否定することもはばかられるような、制服姿の自分がいるのだ。

白い上半身を晒しながら乳首をいじられ、大きな瞳を潤ませながら眉を寄せて口を引いてスカートの腰をよじらせる光は、まさに淫らな女の子だ。

「さあ、光ちゃん、もっと気持ちのいい顔を見せなさい」

七菜子の乳房を揺らす手がさらにスピードアップする。

「くうう、はあああん、僕、ああっ、もうっ、あああっ」

腰が砕けるかと思うほどの快感が突き抜けていき、頭の中まで痺れきって、恥ずかしいとかつらいという感情さえも押し流されていく。

本能のままに光は吊られた身体をよじらせ、ただひたすらに喘ぎ狂った。

「あああん、もうだめです、あああっ、これ以上されたら、ああっ」

先端からカウパーをまき散らす肉棒はもう限界にビクビクと震えている。

根元は締めつけられ、爆発するのも時間の問題だった。

「いいのよ、そのまま好きなだけ出しなさい」

苦悶する光の顔を見上げながら、七菜子は激しく上下させる巨乳をさらに両側から強く押しつけてきた。

すべすべとした肌が怒張に密着し、ローションに摩擦を奪われながら吸いついてきた。

「はうっ、僕もう、ああぁん、だめです、くううう、うううっ」

もはやブラウスを羽織っているだけの上半身を引き攣らせ、光は頂点に向かう。

スカートに包まれた小さめのお尻がビクビクと震え、肉棒の根元が別の意思でも持ったかのように脈動した。

「あうっ、くうう、イク、イッちゃう」

こもったような声と共に、光は自ら腰を突き出すようにしながら、エクスタシーに達する。

巨大な肉房の中で巨根がさらに膨張し、先端から勢いよく白い液体が弾け出た。

「うわっ、すごい」

脈打つ亀頭から粘っこい精液が飛び出し、七菜子の顔にぶつかって糸を引く。

「濃いわ。それに量もたくさん」

七菜子は顔面に精子を浴びても怯む様子もなく、乳房を揺すりつづける。

「ひあっ、ああっ、もう、ああん、許して、くううう」

柔肉が亀頭を擦るたびに沸き起こるむず痒いような快感に悶絶しながら、光は何度も精を放つ。

白い液体が飛び出し、七菜子の顔はもう真っ白に染まっていた。

「あ……あう……ううう」

しばらく続いた射精がようやく止まり、光はがっくりうなだれた。

柔らかい乳房に擦り上げられる快感は、自慰行為のときとは比べものにならず、光は甘く蕩けるような絶頂にすべてが痺れきり、両腕を吊り上げるロープに体重をかけ、意識も怪しくなっていた。

「うふふ、たくさん出るほうなのね、これならみなさんも大喜びだわ」

淫靡な笑顔を浮かべた七菜子は唇の周りについた精液を舐め取っていく。

(みなさんって……)

彼女の言葉が光の心に引っかかるが、全身を包む怠さに光は聞き返す力も残っていなかった。

「美味しいわよ、光ちゃんの精液」

「ああ……もうやめて……」

他人に自分の出したものを舐められるという行為がたまらなく淫靡で変態的な行為に思えて、光は汗と涙に濡れた顔を背けていた。

「ふふ、七菜子はほんとに精液が好きね……ほらタオル」

光の乳首をこね回していた瞳が七菜子の前にタオルを差し出す。

「なに言ってんのよ、ごっくん好きなのはあんたのほうでしょ。でも、光ちゃんの精子、粘っこくて匂いも男らしいわ」

顔を拭きながら七菜子が立ち上がると代わりに瞳がスカートの中で巨根をだらりとさせてうなだれる光の足元にしゃがみ込んだ。

「そうなの？　女の子そのものの見た目に、男らしい精子ねえ、うふふ、私も味わわせてもらおうかしら」

瞳はニヤニヤと笑いながら、光の細くしなやかな内腿を両手でゆっくりと撫でてきた。

「あっ、いやっ、これ以上は、ああっ」

彼女の力加減は絶妙で、くすぐったいような気持ちいいような微妙な感覚に光は身悶えた。

「二発くらい簡単に発射できないとだめよ、光ちゃん。でも心配しないで。私がすぐに元気にしてあげるから」

そう言った瞳が周りで見ている女性陣の一人に目配せする。

彼女は光の吊られた身体の後ろの回り込むと、だらりとした肉棒に覆いかぶさっているスカートを両手で摘まんで持ち上げた。

「あっ、これ以上、もうやめて」

腰のところを摘まれてスカートが持ち上がると、股間がすべて露になる。

萎んでいても充分に巨大な逸物は、先端が白い精液にまみれて妖しく輝いていた。

「ふふ、わざと低い声を出してもだーめ。すぐにさっきみたいな可愛らしい悲鳴をあげさせちゃうから」

床に直接膝をついた瞳は顔を光の股間の前に持ってきて不敵に笑う。

そして指先でまだローションに濡れた肉竿を持ち上げると、そこではなくさらに奥へと手を入れてきた。

「な、なにを。あっ、そこは、触らないでください、ああっ」

すぐに気づかれてしまったが光は、女の子のようだと言われるのが悔しくて、イッたあとはわざと低い声を出していた。

だがそれも一瞬で甲高い悲鳴に変わってしまう。

股間の奥を目指した瞳の指が触れたのは、竿でも玉袋でもなく、排泄をする場所であるはずのアナルだった。

「うわっ、出た。瞳のアナル責め」

光の背後にいる女子生徒が声をあげる。

彼女は持ち上げたスカートごと光の腰を押さえつけ、腰が逃げないように固定してきた。

「アナルって、ああっ、いやあ、だめです、くうう、うううう」

聞き慣れない言葉に驚く暇もなく、瞳の指が一本肛肉の中にすべり込んできた。

自分でもほとんど触れることのない括約筋を無理やり開かれる違和感に、光は顔を歪めて悶絶していた。

「ローションがついてるから、するする入るわ」

瞳は肉棒についていたローションを掬い取っていたようで、確かにあまり抵抗もなく指が直腸内に侵入してくる。

ただ出すことが専門の場所を指が遡《さかのぼ》る感覚は異常で、光は前が開いたブラウスの中にある白い上体をくねらせるばかりだ。

「ふふ、いやなのは最初だけよ。ここの気持ちよさを知ったら癖になるんだから」

彼女はサディスティックな気質を持っているのか、光が泣けば泣くほど楽しそうに笑っている。

「もう許して。ああっ、なに、ああっ、あああぁ」

そして腸内で瞳の指が曲がると、肉棒側の腸壁をぐいっと押してきた。

同時に肉棒の根元が押し上げられるような感覚があり、明らかな快感が亀頭の先まで突き抜けた。

「ここね、光ちゃんの前立腺は」

にやりと淫靡な笑顔を浮かべた瞳はその場所を集中的に指の腹でこね回してきた。

「ぜ、前立腺？　ああっ、そんなの、ああっ、はあぁん」

またも聞いたことがない言葉に戸惑いながらも、光は女子用のスカートを穿いた下半身を激しく震わせる。

彼女の指が腸壁を押したり引いたりすると、肉棒の奥から電流が突き抜け、身体が自然に反応してしまうのだ。

（ああ……どうして僕……お尻の穴を指でほじられて……）

ただひたすらに戸惑う光だったが、一つだけはっきりとしていることがある。

前立腺を刺激されると湧き上がる感覚は明らかに快感で、亀頭や竿を刺激したときの気持ちよさとは異質のものであることだ。

(前立腺って……ああ……こんなところで感じたくない)

自分がとんでもない悪魔の感覚を覚え込まされようとしているような気がして、光は恐ろしくてたまらない。

だが萎縮する心を裏切るかのように快感はさらに強くなっていく。

「あらあらもう復活してきたわ」

上半身裸で乳房を晒したまま、ギャラリーの一人となっている七菜子は楽しげに笑った。

光の逸物は本人の意思など関係なしに、ムクムクと起き上がり、持ち上げられたスカートに先が触れるほど反り返っていた。

「うふふ、ほんとに光ちゃんって敏感ね。才能あるわよ」

射精を終えてしょんぼりとしていた怒張はあっという間に硬化し、血管を浮きだたせて猛々しさを増す。

その反応に気をよくしたのか、瞳はこねてみたり押してみたりと前立腺を腸壁越しに責めまくる。

「さ、才能？　あっ、あああっ」

快感に喘ぎながらも光は大きな瞳で足元にいる瞳を見た。

初めての感覚にもう脳まで痺れきっているのに、その言葉が少し引っかかった。

「うふふ、女の子になる才能よ。だってあなたはこれから女子になるんだから」

瞳は白い歯を見せていたずらっぽく笑った。

「ああっ、そんな僕は、あああん、ああっ、お、男です、ああ」

女になるくらいなら死ぬほうがマシだと光は泣き叫んだ。

「ちょっと瞳っ」

そのとき、後ろから七菜子が大声をあげ、瞳がいけないといった様子で舌をぺろりと出した。

「まあ、そのうちわかるわ。それよりもどう？　そろそろイキそうなんじゃない」

「イッ、イクって、そんなことあるわけ……」

ずっとアナルと前立腺をまさぐられ、快感に喘いでいるがイクと言われてもピンとこない。

なぜなら肉棒には触れられてもいないからだ。

「前立腺だけもイケるわよ。それがあなたのこだわる男の子であることの証明の一つかしら。男の快楽だし。うふふ」

瞳は意味ありげな言葉を言って涙目で息を荒くする光を見上げたあと、指の動きをさらに激しくしてきた。

「ああん、だめっ、こんな、あああん、ああああっ」

前立腺から湧き上がる快感がさらに強くなり、光は甲高い声をあげてよがり泣く。白い胸板の上でピンクの乳首が完全に勃起し、触れられてもいない亀頭の先端からカウパー液がだらだらと溢れ出してきた。

「ああっ、あうう、はあああん、許してえ」

瞳はさらに空いているほうの手の指で、光のアナルのシワを伸ばすように揉んできた。

それがまた心地よく、下半身から力が抜けていく。

「あうっ、はああん、だめえ、あああっ、あああ」

後ろから光の下半身を押さえていた女子も手を離しているが、光は腰を引くことすらできずにただ喘ぐばかりだ。

そしてもう、さっきの瞳の言葉の意味を考えることすらできなくなっていた。

(えっ、なにかくる……いやだ……嘘だ)

そしていよいよ感極まり、肉棒がビクビクと震えだしたとき、玉袋の付け根のあたりから熱いものが湧き上がってきた。

「さ、触られてないのに、ああっ、どうして、ああっ、もうやめて、くうう」

それは確かに男のエクスタシーであり、精液が肉棒に向かう感覚だった。

肉棒にはいっさいの行為を受けていないのに射精しようとしている。信じられない暴走を見せる己《おのれ》の肉体に光はもう完全に混乱していた。

「男はおチ×チンになにもされなくても射精することができるの。それが前立腺よ。ほらイキなさい、光ちゃん」

彼女はこの身体の反応の意味を知っているのだろう。楽しげに微笑みながらさらに指を光の腸壁に擦りつけてきた。

「はあうう、お尻でなんていやだ。ああああん、ああっ、でももう、ああっ、だめっ」

だが身体は意志の力ではどうにもならず、可愛らしいお尻がキュッと引き締まるのと同時に、肉棒も強く収縮した。

「ああっ、もうイク、くうううっ、出る」

ブラウスを羽織っただけの上半身を大きく弓なりにして、光は絶叫した。

怒張がビクビクと波打ち、先端から勢いよく白い液体が飛び出した。

「おっと、危ない」

パイズリをしていた七菜子とは違い、アナルに指を入れているだけの瞳はさっと身体をかわした。

彼女の頭を飛び越した白い粘液は弧を描いて宙を舞い、次々に床を白く染めていく。

二発目とは思えないほど、濃くねっとりとした精液は何度も何度も大量に放出された。

「あっ、あうっ、あああっ、もう、あああん、ああっ」

射精の間もずっと瞳の指は光の前立腺を刺激しつづけ、そのたびに強い快感に翻弄された。

肛肉を指で拡げられた白いお尻を悩ましげに振りながら、光は甘い声をあげつづけた。

第二章　クリ開発されたマゾ少女

「いっぱい出したねえ。偉いよ」

射精が終わると瞳は光のアナルから指を引き抜き、頭を撫でてきた。

「ああ……そんなの……無理やりに」

光のほうはただ両手を吊り上げられた身体を震わせながら、肉棒への刺激なしに射精してしまったショックに打ちのめされるばかりだ。

ただ年上の女子に褒められると、どこか心が満たされているような自分もいて、それがいやだった。

「失礼します」

少し長めの髪の毛がすっかり乱れてしまった頭を落とし、がっくりとうなだれた光が出した精液をみんなが拭きはじめたとき、稽古場のドアが突然ノックされた。

「いっ、いやっ」

ドアに立っていたのは、みんなと同じブレザーの制服を着た生徒会長、桂川綾乃だった。

自分のみじめな姿を見る人間が新たに増えるのがたまらなく恥ずかしいのと同時に、もしかして彼女が自分を助けてくれるのではないかというわずかな希望を光は持った。

生徒会長であるのと同時に演劇部の副部長でもある彼女が、七菜子たちの仲間であることは確実なのだが、藁《わら》にもすがる思いだったのだ。

「えっ……あ……ああ……」

そんなかすかな希望も綾乃が稽古場のドアをくぐった瞬間に打ち砕かれた。

彼女の手には細いチェーンが握られており、その一方が床に四つん這いになった女の首輪に繋がっていたからだ。

女の年ごろは七菜子や綾乃と同じぐらいだろうか、その身体には革製の首輪以外、なにも身につけていなかった。

「おはようございます」

もう放課後になるというのに、稽古場の中にいる先輩女子全員がそう叫ぶと、いっせいに背筋を伸ばした。

綾乃が入ってきただけで場の空気が一変した感じだ。

「どう？　光ちゃんは」

綾乃はにっこりと微笑んで七菜子を見た。

やはりだが救世主どころか、光を淫靡な責めに貶《おとし》めた黒幕が綾乃なのだ。

「私のパイズリで一回、瞳が前立腺でさっき一度イカせました」

いまだ巨乳を露出したまま七菜子は淡々と報告をしている。

ただ瞳たちとは友だちとして戯れていた彼女の顔にも明らかに緊張の色がにじみ出ていて、同級生同士のはずなのに上下関係がはっきりとしているように思えた。

「そう。どうだった？　光ちゃん、気持ちよかった？」

四つん這いの女の鎖を大柄な穂香に預けた綾乃は、制服のスカートから伸びる白く長い両脚を少し開き気味にして、吊られたままの光の前に仁王立ちした。

その微笑みは先日、教室で光に向けた優しげなものと同じで、それがかえって恐ろしかった。

「そんな……僕は……」

綾乃の美しいがどこか醒めた目をとても見ていられずに、光は顔を逸らして口ごもった。

「会長が質問してるでしょう？　ちゃんと答えなさい」

後ろから七菜子が苛《いら》だった声をあげると、光のスカートの後ろを捲り、染み一つない尻たぶを強く平手打ちした。

「あうっ」

肉を打つ乾いた音が稽古場に響き、光は大きく背中をのけぞらせる。

大柄な七菜子は力も強く、お尻の白い肌にピンクの跡が残っていた。

「こらこら、七菜子。いきなりそんな無茶しちゃだめじゃない。光ちゃんは普通の子なんだから」

いちおうたしなめてはいるものの、綾乃の顔にはなんとも淫靡で歪んだ笑みが浮かんでいる。

さっき醒めていると感じた黒い瞳もらんらんと輝き、彼女の本性を見たような気がして光はさらに恐怖を加速させた。

「そ、そうです……僕は普通の男の子です。これを外してください、女の子になんかなりません」

二度も射精に追いやられた身体は力が入らず、気持ちも萎えてしまっている光だが、朋弥に会って恥ずかしくない人間になると決めたのだと己《おのれ》を奮いたたせ、なんとか声を振り絞った。

「女の子？　どういうことかしら」

「すいません、瞳がよけいなことを口走って」

ちらりと横を見た綾乃に七菜子が答える。

「も、申し訳ございません。調子に乗りすぎました」

そしてさっきはあれほど淫らに光を虐めながらアナルをこね回してきた瞳も、顔引き攣らせて頭を下げた。

「そう……まあいいわ。いずれわかることだし」

再び綾乃の顔に笑みが戻ると七菜子たちがほっと息を吐いた。

この学園で教師以上に権力を持つ生徒会。そのトップに立ち、しかも理事長の娘である綾乃はまさに絶対的な支配者なのだ。

「私たちがあなたをどうしてこんなふうに縛って吊るして、エッチなことをするのか知りたいのね。いいわ、私がちゃんと教えてあげる、でもその前に見てほしいものがあるの」

綾乃は光の頬を軽く撫でると、裸で四つん這いの女の鎖を持つ穂香に向けて顎をしゃくった。

「ほら立って、新入生にあんたのいやらしい姿をたっぷりと見せてあげるんだから」

「ああ……」

強引に鎖を引かれた女はフラフラと立ち上がった。

いやらしい姿という言葉がただ単に裸であることを指すのかはわからないが、立ち上がると意外と長身で、黒髪のショートカットがよく似合う美形の女は、小ぶりな乳房を揺らしながら頬を赤く染めている。

その表情は恥じらっているというよりは、なにかに酔い知れているように光には見えた。

「この子の名前は美南海《みなみ》っていうの、二年生で穂香と同じバレー部の所属だったのよ」

首輪だけの美南海の身体はスリムだが、肩や太腿には筋肉がのっていて、腹筋もうっすらと浮かんでいる。

長身で頭が小さいので、ボーイッシュに見えた。

「ねえ、光ちゃん。美南海の身体を見てなにかに気づかない？」

いつの間にか吊られた光の後ろに回り込んで、綾乃が囁いてきた。

「わ、わかりません……」

顔が見えず、彼女の声だけが耳に響くことによけい恐怖を覚えながら光は答えた。

「ああ、そうか光ちゃんは女の人の裸を見ることは初めてなのね」

綾乃が言うとおり童貞の光は、美南海の身体を見てもなにがあるのかわからない。

乳房があまり大きくないこと以外は、薄い毛に覆われた股間にピンク色の小さな突起が顔を出しているくらいだ。

「ふふ、そう、そこよ」

彼女の股間を注視する光の目線に気がついたのか、綾乃は笑い声で呟く。

「普通の女子のクリトリスはあんなふうに顔は出してないの。男の人と違ってね」

綾乃はそう言うと、背後から腕を回し、スカートの中でだらりとしている光の股間をいきなり摑んできた。

「あっ、あああっ、もういや、やめてください、ああ」

二度もイカされた肉棒を握られると、むず痒いような感覚を覚え、光は前が開いたブラウスの間から乳首を見せながら、腰をくねらせる。

もう触られることがつらく、身体が勃起することを拒否していた。

「あら大きいわね、ねえ、これってもっと膨張するの？」

スカートの中に隠れていた光の逸物の大きさに綾乃が目を丸くしている。

この稽古場に来て初めて少女らしい表情を見せた綾乃に、七菜子たちもにんまりとして頷いた。

「そう。ふふ、この顔で巨根なんて最高の素材ね」

だがすぐに冷たさを感じさせる目つきに戻ると、スカートの生地越しに光の肉棒を揉んできた。

「あっ、いやっ、やめてください。ああっ、あああっ」

綾乃の力加減はまさに絶妙で、さっきまでもう触られたくもないと思っていた怒張がじんわりと熱くなっていくのがわかる。

光はどこまでも自分を裏切りつづける肉棒がいやで泣き声をあげながら、吊られた身体をよじらせつづけた。

「七菜子、光ちゃんだけじゃ可哀想でしょ。美南海のいい声も聞かせてあげて」

「はい、わかりました」

綾乃の言葉に素早く反応した七菜子は、首輪だけの姿で棒立ちの美南海の前に立った。

「ほら、もっと脚を開きなさい」

そしてきつめの声をあげると、美南海の引き締まった太腿を平手打ちした。

「あっ、ああっ、申し訳ございません、副会長」

美南海はピンク色の乳首を晒した上体をよじらせて、必死に頭を下げる。

ただその悲鳴は艶を帯びていてなんとも悩ましかった。

「そうよ。ちゃんとしてたら、気持ちよくしてあげるからね」

七菜子はまるでアメと鞭を使い分けるように甘く囁くと、両脚を肩幅程度に開いた美南海に寄り添うようにして股間に手を伸ばす。

そして指先で彼女の股間から顔を出しているピンクの突起を撫で上げた。

「あっ、あああっ、副会長、はああん」

指が触れると同時に美南海は大きく背中をのけぞらせ、甘い悲鳴をあげた。

全裸の美南海に、巨乳を丸出しにしたままのスカート一枚の身体を七菜子がまとわりつかせる様子はたまらなくいやらしく、光は見とれてしまう。

「あら、光ちゃん、少し硬くなってない？」

こちらは光の股間を布越しに弄《もてあそ》んでいる綾乃が笑顔を見せた。

思春期の男子にとって年上の大人っぽい女性が絡み合う姿は、激しく欲望をかきたてられるものであり、二度も射精して力をなくしていたはずの肉棒にも自然と血液が集まってしまうのだ。

「ふふ、隠してたらよくわからないわね」

綾乃がそう言った瞬間、光の腰でスカートのホックが外れる音がした。

「あっ」

スカートがすとんと床に落ち、光は今度こそ下半身すべてを晒すことになった。

「お尻もちっちゃくて素敵よ。私好みだわ」

綾乃は左手でゆっくりと光の尻たぶを撫で、もう片方の右手で開いたブラウスの下に手を入れて乳首を弄んできた。

「あっ、いやっ、はうっ、あああっ」

可愛らしい乳首を軽く摘まれると、電流のような痺れが背中まで突き抜け、光はまた自分でも信じられないような中高い声をあげてしまう。

(どうして僕は乳首を触られたらこんなに声が出るの……)

男の自分が乳頭を責められて、まるで女の子のように喘いでいるのが信じられない光だが、身体のほうが勝手に反応してしまうのだ。

そのうえ、綾乃の力加減はまさに絶妙で、痛いと感じたら摘まむのをやめて先端をこね回してきたり、焦れたような気持ちになると強く引っかいてきたりする。

「あああん、あっ、ああっ、だめっ、ああん、ああ」

まるで光の身体の求めをすべて読みきっているような綾乃の指に、ただひたすらに喘がされるばかりだ。

あっという間に光の身体は熱くなり、もう脚や腰に力が入らなくなった。

「いつまでも吊られたままじゃ可哀想。座りましょうね、光ちゃん」

光の脱力までも彼女にはお見通しなのか、綾乃は頭上に腕を持ち上げているロープに繋がれた手枷を外した。

「ああ……僕……ああ……」

体重のほとんどを手枷と天井を繋ぐロープに預けていた光は、そのままなよなよと稽古場の板張りの床に崩れ落ちた。

「これももう邪魔だから、とりましょうね。あなたの裸……白くてとても綺麗よ」

綾乃はそんな光の背中を後ろから支えながら、力を取り戻してきた逸物を軽くしごきだした。

「あうっ、もう許して、ああっ、くううう」

言葉ではそう言っても身体に力が入らない光はされるがままだ。

板張りの床の上に両脚をだらりと開いたまま、尻餅をつく体勢で座って後ろの綾乃に背中を預け、肉棒を勃起させていく。

「すごく硬くなってきたわ。二回も出したのにタフね」

綾乃はさらに力を込めて、硬化してきた光の亀頭の裏側を指でコリコリとかいてきた。

「ああん、そんなこと、あああん、ああっ」

男の弱点である裏筋を巧みに刺激され、光はほとんど肉のないお腹を引き攣らせて喘ぎつづける。

「会長、こっちも勃起してきましたよ」

そのとき、七菜子の声がして光も顔を上げると、彼女は変わらず裸の美南海にまとわりついて股間をまさぐっていた。

「ひっ」

美南海の股間に目をやった光は、もう息を詰まらせて絶句した。

先ほど控えめに顔を出している程度だった美南海のピンクの突起が、大きさを増し草むらの中から弓なりになって立ち上がっていたのだ。

「女の人のってあんなに……」

いくら性知識のない光でも、女性にはクリトリスという突起があり、それが感じる場所だということくらいは知っている。

ただ美南海のクリトリスは光の人差し指ほどもあった。

「あはは、女のクリトリスなんか大きい人でも私の小指の先くらいよ。この子は特別」

全裸で直立したままの美南海の突起をしごく七菜子は興《きょう》が乗ってきたのか、高笑いしながら、さらに強くしごいている。

「あっ、あああん、そんなに強くされたら、ああん、あああっ」

激しく腰をよじらせる美南海はもう大きく唇を割り、目も虚ろになっていた。

「そうよ、光ちゃん。美南海のクリトリスはね、美容整形に使うお注射を打って大きくしているの。いわば女の人に生えたおち×ちんね」

後ろから聞こえてきた綾乃の声に光は愕然となって振り返った。

なぜそんなことを綾乃たちがするのか理解できないし、美南海にエッチな行為をしたいだけなら身体をいじるなど必要のない行為だ。

(それにこの島にそんな病院があるはずが……)

島全体が敷地の学園には、保健室の代わりに診療室があり、平日の昼間は医者が常駐しているとオリエンテーションで聞いた。

ただひどいケガなどをしたときには、本土の病院に船で搬送されると言っていたので、女性の陰核を巨大化させるような施術をどこでしたのか、それに綾乃の判断で美南海の身体が改造されたのだとしたら、なぜ誰も止めなかったのか。

（こ……怖い……）

光は背中に冷たい震えを覚えながら、吸い込まれそうな雰囲気を持つ綾乃の目をじっと見つめた。

「うふふ、なぜ美南海にそんなことをしたのか聞きたそうね？」

頬を引き攣らせる光に優しく微笑みながら、綾乃は肉棒をしごく手に少し力を込めた。

「あっ、あうっ、くううう」

彼女の柔らかい指がもうガチガチの怒張に吸いつき、裏筋やエラを強く刺激する。

頭の先まで突き抜けるような快感に、光は床に尻餅をついた体勢の腰を自ら浮かせ、あられもない声をあげた。

「うふふ、可愛いわ。光ちゃん、私はね、生まれついてのSっていうのかな、あなたのように綺麗な顔をした子が感じている姿を見てるとたまらなくなるの」

今日一番の淫靡な笑顔を浮かべ、綾乃は後ろから光の肩に自分の顎を乗せて頬を密着させてきた。

「それとね、私はバイセクシャルなの。わかるかしら?」

「バイセクシャル?」

初めて聞く言葉の連続に光はただ呆然とするばかりだ。

「男でも女でも愛せる人間のことよ。よくホモとかレズって言うけれど、バイは両方の性が対象なの」

そう話している間中、綾乃の顔にはずっと笑みが浮かんでいて、バイセクシャルの意味はわからなくても、ただ淫靡な彼女の感情だけは伝わってくる。

「でも、私はちょっと特殊でね、男でも女でもない中間の存在っていうかな。本当の性が男でも女でも中性的な人が好きなの」

楽しげに話す綾乃だが性的なことに関してはあまりに幼い光にとって、もう理解の範疇《はんちゅう》を超えていた。

「うふふ、わからない? 美南海をよく見てみなさい」

呆然とする光の耳元で静かに囁いた綾乃は、肉棒をしごきかながら空《あ》いている手で前を指す。

彼女の指先は七菜子に弄ばれる美南海の巨大化させられたクリトリスに向けられていた。

「そ、そんな、いやああ、僕は、ああっ、いやです」

ようやくすべてを察した光は懸命に頭を横に振った。

（僕も同じように、男じゃない人間に……）

具体的になにをするつもりなのかはわからないが、綾乃の言う男でも女でもない存在に光を変えるつもりだということは察しがついた。

「うふふ、そんなに悪いものでもないわよ。ほら美南海の顔を見てご覧なさい。すごく気持ちよさそうでしょ？」

ピンクの小さな肉棒もどきの突起を責められている美南海の股間をさしていた指を、綾乃はゆっくりと上にやった。

「あっ、はああああん。私、ああっ、もう、ああん、ああっ」

クリトリスをしごく七菜子に身体を預けるようにして、美南海は切羽詰まった声をあげている。

そして快感に目を潤ませながら喘ぐ美南海の顔を見つめたとき、淫らに思うのと同時に光はあることに気がついた。

（男の人っぽい顔立ち……）

よく見ると美南海の顔は美形なのだが、どことなく男っぽいというか、演劇の男役が似合いそうな顔だちだ。

乳房も小さめで長身なので体型も男っぽいが、ウエストのくびれやムッチリした腰回りは女性的で、綾乃の言うとおり男と女の中間の存在のような気がする。

「うっ、くうう、会長さん。ああっ、そんなに強くは」

ただそんな美南海も女性であることに変わりはなく、その裸体を凝視するとどうしても光の中の男が反応してしまう。

十代で今がまさに精力の盛りである光の怒張は昂《たかぶ》り、綾乃の柔らかい手が大きく上下するのと同時にたまらない快感が突き抜ける。

「うふふ、なにか出てきてるわよ」

綾乃のしごきは巧みで、自分の手でするとき以上に気持ちいい。

もう光の下半身は甘い痺れに溶け落ち、さっき二回も射精したばかりだというのに、先端からだらだらとカウパーを垂れ流していた。

「あっ、もう許してください。ああっ、あああ」

さっきまでのむず痒いような感覚はなくなり、肉棒を包むのは快感ばかりだ。

綾乃はただしごくだけではなく、裏筋を指先でかいてみたり、張り出したエラをこねてみたりと光には予想のつかない動きで責めたててくる。

「ああん、はううっ、ああっ、あああぁ」
細身の白い身体を何度も引き攣らせ、光はひたすらによがり泣くばかりになってい
た。
もう甲高い声があがるのを我慢することもできなかったし、最初に持っていた強い
意志で入部を断ろうという気持ちもどこかに飛んでいた。
「うふふ、いい子ね。今日は好きに出していいわ」
溢れ出るカウパーが綾乃の指にまとわりつきヌチャヌチャと音をたて、その響きが
光の羞恥心をさらに煽り立てる。
「ああっ、もうイキたくない。ああん、あああっ」
これ以上、恥を晒すのはいやだと思っても、全身を蕩けさせる痺れが許してくれな
かった。
「七菜子、美南海もいっしょに射精させるの。二人でタイミングを合わせてね」
「はい、もっと股を開きなさい、美南海」
七菜子の声が響くと、美南海は躊躇なく両脚をガニ股に開く。
生い茂る黒い陰毛の下からピンクの突起が大きく突き出すが、七菜子はそこではな
くてさらに奥へと指をすべり込ませた。

「あっ、あああ、そこは、ああああん、副会長。ああああん、あああ」

奥まで差し込まれた七菜子の手が動きはじめると、美南海のよがり泣きがさらに激しくなった。

稽古場にクチュクチュと粘っこい音が響き渡り、周りにいる先輩女子たちが笑いだす。

「美南海、あんた新入生の前でそんなに濡らして恥ずかしくないの？」

指を指して爆笑されても美南海は嘆くどころか、うっとりとした目を彼女たちに向ける。

「あああん、恥ずかしいです。ああっ、でもマゾで変態の美南海はそれがたまらないんです。ああん、ああっ、もっと笑ってください、ああっ」

自ら蔑《さげす》まれることを望みながら、美南海は大きく両脚を開いて立つスリムな身体をビクビクと小刻みに震わせている。

小ぶりな乳房の先端は痛々しいほどに勃起していて、彼女が欲望に蕩けていることを示しているように思えた。

「マ、マゾ……」

今までの人生でほとんど聞いたことがない言葉を、今日は何度も耳にしている。

友人たちとの会話の中でSやMとかいう言葉が出たこともあったが、実際に目にすることなど初めてだ。

「うふふ、光ちゃんはマゾってどんな人か知ってる?」

「あ……あの……ぶたれたりすることが嬉しい人のこと……」

後ろから聞こえてきた声に光は漠然とした知識で応えた。

「そうね。間違いじゃないけど、丸じゃなくて三角ってとこかしら、痛いのが好きな人もいるけどそれだけじゃないのよ」

綾乃は優しげに囁いてくるが、肉棒をしごく手は片時も止まっていない、カウパーが止めどなく溢れ出て、指との摩擦を奪っているので快感が増していく。

「美南海はね。自分の恥ずかしい姿を人に見られるのが大好きなタイプの露出マゾなの。裸だけじゃなくて、いやらしい声をあげながら感じている姿を見られるのがね」

後ろから綾乃は光の顎を持って前を向かせる。

「だから今、新入生の光ちゃんにおチ×チンを見られているのがたまらないはず。そうでしょ、美南海」

「ああん、そうです、綾乃様。ああん、美南海は一年生の男子に、情けないおチ×チンを見られてものすごく興奮してますぅ」

そこだけ大声で叫んだ綾乃の声に反応し、美南海はスリムな身体をくねらせながら、引き攣った声を出した。

彼女が無理やりに言わされているのではないことは、蕩けきったその表情から理解できた。

(恥ずかしいのが嬉しいなんて……そんなの信じられない)

光はその容姿から、水泳の時間などのときに、女子にまで、スクール水着のほうが似合うのではないかとからかわれ、恥ずかしくて泣きたくなったことがある。

だからそれが性的な快感に繋がるなど、想像もできなかった。

「美南海だけじゃないわ。光ちゃんにもその素質があると思ってるのよ、私は」

「そ、そんな、僕は変態じゃありません、くううっ、ううう っ」

慌てて光が否定すると、綾乃は強く怒張を握りしめてきた。

亀頭がギュッと握りつぶされるような強さだが、痛みなどまるで感じず、腰骨が砕けるかと思うような快感が突き抜けるばかりだ。

「うふふ、そんなエッチな声を出しながら言っても説得力がないわわね。私は光ちゃんが入試に来たときから目をつけてたの。あなたたちはいちいち気にしてなかっただろうけど、一時間ごとにすべての教室を試験官として回ったわ」

綾乃は肉棒を責めていた手を下にずらし、玉袋をゆっくりと揉んできた。

「あうっ、あああっ、そんなところ、ああっ」

男の急所である睾丸をけっこう激しく弄ばれているのだが、力加減が絶妙で光はまた違う種類の快感に翻弄される。

痛みと快感の中間とでも言おうか、とにかく両脚が震え、身体中の力が抜けていった。

「あなたのその大きな目を見たときに直感したわ。この子は見た目が可愛いだけじゃない、マゾの性癖を心に秘めているってね」

「そ、そんな僕は変態じゃ、ううっ、くうううう」

必死で否定する光だが、玉を揉まれながら喘ぎ声をあげまくっているような状態では説得力がない。

「うふふ、本当よ。でないとこんなにたくさんの女の子に囲まれて、すぐに二発も発射できるわけがないじゃないの」

「そんなあ……ああ……」

情けなくてたまらないが、確かに自分は虐めにも等しいような状況の中で肉欲を燃やしてあっという間に二度も射精し、さらには今ものっぴきならない状態まで追いつめられている。

彼女たちの手技がいかに巧みでも、本気でいやなら勃起もしないのが普通のような気がして、光は強く反論できなかった。

「今は信じられないけど、いつか理解できるわ。うふふ、ゆっくりと時間をかけて調教してあげるから」

また不気味に笑った綾乃は背後から、今度は両手を使って光の竿や亀頭を責めはじめた。

「僕はそんな人間に、あうっ、くうう、はあああん」

彼女の指の動きは、十本全部が別々の意思を持ったような感じで、ミミズが怒張に絡みついているのかと思うような感覚だ。

加えて玉揉みの間じゅう放置されていた肉竿は焦れていたのか、待ちわびた刺激に燃え上がり、光は尻餅をついて座る体勢の細い身体をビクビクと痙攣させた。

「ああっ、もう、ああっ、僕、もうだめっ、くうう、あああん」

光にマゾの気質があると言った綾乃の前で達するということは、自分に変態的な性癖があることを認めてしまうようなものなのに、エクスタシーに向かう自分を抑えることができない。

それどころか自ら腰まで浮かせて悶絶をつづけるのだ。

「こっちももうイキそうです、会長。そうでしょ？　美南海」

長身の身体にスカートだけで巨乳を揺らす副会長が、隣の細身の美女の股間を激しく嬲りながら叫ぶ。

「あああん、イキます、ああっ、吹いちゃいます、ああん、美南海はもう」

スリムな身体が何度ものけぞり、大きく開かれた白い両脚が激しく痙攣している。

「ふ、吹く？　あっ、あああ、ああん、僕も出ます、もう、ああ、イッちゃう」

また聞き慣れない言葉を耳にして光は驚くが、肉棒の根元が締めつけられるような感覚にのけぞった。

三度目の射精になるのに、快感は減るどころか強くなり、もうなにも考えることができなくなっていた。

「いいのよ、イキなさい、光」

そんな光の反り返る巨根を綾乃は両手で包み込んでしごき上げる。

稽古場に男と女の艶のある嬌声が響き渡った。

「ああっ、美南海、イッちゃう、ああああん、あああああ」

一拍早く美南海が絶頂を叫び、小ぶりな乳房が弾けるほど背中をのけぞらせた。

引き締まったお腹のあたりが引き攣るのと同時に、彼女の股間から透明の液体が勢いよく飛び出し稽古場の板に降り注ぐ。

（射精？　女の人なのに……）

まるで発作でも起こしたように悶絶をつづける美南海の股間から、断続的に飛び出す水流に光は目を見開く。

だがそれもつかの間、すぐに光も限界を迎えた。

「ああっ、イク、あああん、もう出ます。ああっ、イクううう」

今日一番の叫び声をあげ、背中をのけぞらせた光は、上体を後ろにいる綾乃に預けたままだらしなく開かれた両脚をよじらせる。

天を突く肉棒が脈動し、先端から白い液体が噴水のように真上に向けて飛び出した。

「わっ、すごい勢い、ほんとに三回目なの」

勢いよく発射される精液を見て綾乃は歓声をあげながら、怒張をさらに強くしごいてきた。

彼女の目は異様な輝きを見せていて、先日のクールな生徒会長とは別人のような妖しげな笑みが浮かんでいた。

「ああっ、あうっ、そんな激しく、くううっ、あああ」

さらに力のこもった攻撃に光は白い身体をくねらせ、声を詰まらせながら床を白い粘液で染めていった。

「あうっ、ああ……はあああ……」

ようやく射精の発作が収まると、光はなにもかもなくしたように、後ろの綾乃に背中を預けた。

一日で三度の放出はさすがにダメージが大きく、だるくて声も出ない。

「二人とも出したわねえ。ははは」

ギャラリーの一人である瞳が高笑いした。

光の前も、美南海の真下も、床は液体が大量のぶちまけられていて、男のような女子と女の子の格好させられた男子が演じた異様な光景にみんなが見とれていた。

(美南海さんも射精を……)

気持ちが少し落ち着いてくると、足元に水たまりを作ってうなだれている美南海のことが気になった。

彼女の出した液体は無色透明で水のようであり、男の精液とはだいぶ違う気がした。

「オマ×コの中にあるGスポットっていう場所を責められたら、ああいうふうに液体が出ちゃうの。潮吹きって言うのよ。覚えておきなさい」

「潮吹き……」

あまり激しい発作を見せた先ほどの美南海を思い出すと、童貞で女の快感のことなど微塵も知らない光は呆然とするばかりだ。

「うふふ、光ちゃん。男も潮を吹くことができるのよ」

綾乃はまた不気味に囁くと、射精を終えてだらりとしている光の肉棒を手に取った。

「ああっ、もういやだ、許して、ああっ」

両手で肉棒を包み込み、亀頭をこねるように指を動かしはじめた綾乃に驚き、光は立ち上がって逃げようとする。

「逃げちゃだめよ。みんな押さえて。ついでにこのブラウスも脱がしましょう」

肉棒からいったん手を離した綾乃が、細身の身体からは信じられないような強い力で光の肩を押さえつけて言うと、七菜子たちが慌てて駆け寄ってくる。

支えを失った美南海の革の首輪だけの身体が床の上に崩れ落ちた。

「ほら、おとなしくしなさい」

七菜子たちは手早く光のブラウスを身体から剝ぎ取ると、数人がかりで両手脚を押さえつける。

「いやだ、もう許してよう、ああっ」

いくら男女の差があるとはいえ、小柄で細身の光の抵抗などなんでもないとばかりに、長身の七菜子と穂香が中心になって両腕両脚が床に押しつけられる。

首にリボンだけの光の白い身体が大の字に押さえられ、大きく開いた両脚の間に、大きな逸物がだらりと横たわっていた。

「うふふ、別に痛くしようってわけじゃないんだから、落ち着いて身を任せなさい」

綾乃は光の開脚した太腿の間にしゃがむと、制服姿の身体を折って肉棒を持ち上げる。

そして、もうほとんど顔の前にある柔らかい亀頭部を指先でこねはじめた。

「あっ、あうっ、もうつらいんです。ああっ、やめて」

綾乃は左手で竿の部分を握りながら、右手で亀頭部を水道の蛇口を捻るような動きで擦ってくる。

亀頭が痺れるような、なんとも言えない感覚に光は悶絶し、泣き顔で訴えた。

「射精した直後しか男の潮吹きはできないんだから我慢しなさい。ほら力を抜いて」

光の左腕と肩を床に押しつけている七菜子がきつめの口調で言う。

「ああ、僕は潮吹きなんて、ああっ、したくありません」

異様な感覚に身悶えながら、光は懸命に訴える。

自分もさっきの美南海のような大量の水流をまき散らすというのか。

床に横座りで崩れ落ちている美南海の前の水たまりはかなり大きく、光が三回で発射した精液よりも多いように思える。

想像もできないが、決して人前でするような行為でないことは光にもわかった。

(いやだ……そんな姿を見られたら僕は……)

精液以外の液体まで、彼女たちの思うがままに搾り取られる。

そんなことになれば自分は人間でなくなってしまうような気さえするのだ。

「あっ、あうっ、ううう」

死にたいような気持ちになったとき、なぜか肉棒の根元が締めつけられ、胸の奥がずきりと疼いた。

(僕の身体が恥をかくことに反応している？　嘘だ、そんなの)

先ほど綾乃に言われた、人前で恥を晒すことに快感を覚えるマゾヒスト。

自分の中にそんな淫らな性癖が眠っていると光は思いたくなかった。

「うふふ、いやだって言ってるけど、内腿がヒクヒクしてるよ。ほんとは気持ちいいんじゃないの？」

こちらは光の右脚を押さえている瞳が笑う。

彼女たちは光の変化に常に目を光らせていて、わずかな反応も見逃さない。

「そんな、違います。あううう、もう、ああっ、あああ」

綾乃はずっと柔らかいままの亀頭をこねつづけている。

異様な感覚が腰を包む中、光は声を震わせて身悶えをつづけた。

「あっ、あああっ、もう、ああっ、えっ、なにこれ、ああっ」

快感とはとても言えない刺激を受けつづける中で、明らかに最初とは違う感覚に光の下半身が包まれた。

(で、出ちゃう……)

それは身体中の液体が肉棒に集まるような感覚で、もっと言えば中心にある尿道に一気に流れ込む感じだ。

突然、一時間以上も我慢したような強烈な尿意に襲われた光は慌てて、身体に力を込めて堪えようとする。

「うふふ、もう吹きそうなのね。我慢しちゃだめよ。思いきって出しなさい」

光の変化に当然綾乃は気がつき、さらに強く亀頭をこねてきた。

「ああっ、そんなのいやっ、ああ、吹きたくない、もういやっ」

お漏らしを強要されているような気持ちになった光は懸命に頭を振る。

しかし、今にも尿道を駆け上ろうとする液体の圧力はすごく、いつまで耐えられるかわからなかった。

「だめよ、素直にならなくちゃ、光ちゃん」

光の頭を挟むかたちで肩を押さえつけている七菜子と穂香が手の伸ばし、ピンク色の乳首を弄んできた。

「ああっ、いやっ、お願い、やめてください、ああっ、あああ」

両乳首を同時に揉んだり摘んだりされ、今度は明らかな快感の痺れに光は悶絶する。

背中まで一気に痺れきり、腰に込めていた力が抜けていった。

「ああっ、だめっ、もうっ、あああっ、我慢が、ああっ、あああ」

綾乃の手も激しさを増し、尿道が完全に痺れていく。

肉棒はいっさい勃起していないのに、根元が強く締めつけられた。

「ああっ、出ちゃう、ああっ、なにか出る、ああっ、あああ」

もう耐えきれなくなった光は、悲鳴のような声をあげて大きくのけぞった。

「出しなさい、光。あなたの潮吹きをみんなに見てもらいなさい」

綾乃もまた興奮気味に叫び、指の動きを速くした。

「いやだ、ああっ、いやああ、ああっ、でも、ああっ、もう、出るうううう」

断末魔のような悲鳴と同時に、光の細身の身体が痙攣を起こす。

同時に逸物も収縮し、尿道口から勢いよく水流が上がった。

「わっ、出た、潮吹き」

その液体は薄い白色で、精液とは違いさらさらとしていて水のようだ。

勢いはかなり激しく、まさに鯨の潮吹きのようで、先ほどの美南海と同じだ。

「ああっ、いや、あああっ、ああっ、もうやめて、あああっ」

噴流は一度では収まらず、何度も噴き上がる。

亀頭に絡みつく手を綾乃は休みなく動かし、自分や周りの女子に潮がかかるのもおかまいなしに搾り取っていった。

「ああっ、くうっ、あああ……ああ……」

淫らな放水を何度も演じたあと、水流はようやく収まり、光は身体を投げ出すように脱力した。

「うっ……ううう……」

同じ年ごろの異性の手で何度も精を搾り取られ、そのうえ潮吹きまでさせられた。

もう光は言葉を返す気力もなく、ただシクシクと鼻をすするばかりだ。

「あら、泣いてるのね。でも心配しないで、今は哀しみの涙かもしれないけれど、私たちがすぐにうれし涙に変えてあげるわ。マゾの悦びを嚙みしめる涙にね」

大きな瞳から涙を流す光に同情する様子も見せずに、綾乃はにやりと笑った。

容赦のない彼女の態度はまさにサディストだ。

「う、ううっ……ううう、どうして僕がこんな目に」

あまりの疲労に大の字のままから脚を閉じることもできない光は、消え入りそうな声で呟く。

この学園に来て、いやそれ以前から校則に違反したり、他人に迷惑をかけたりしたことがない自分がどうしてこんな醜態を見世物にされるような目にあうのか。

光は哀しくてたまらなかった。

「あら、どうしてってさっきも言ったでしょ。入試のときからあなたに目をつけてたの。だからお父様に頼んで合格させてもらったのよ」

自分の顔や服についた、光が出した潮をハンカチで拭《ぬぐ》いながら綾乃は楽しげに言う。

「お父様……理事長に？」

彼女の言葉に驚いて光は慌てて目を見開く。

頼んでということは、自分は理事長の力でこのK学園に合格したというのか。

「そうよ、あなた自分の力でうちに合格できたと思っているの？　うふふ、勉強も普通よりちょっと上くらいのあなたが」

綾乃はそう言うと横たわったままの光の前に覆いかぶさるように身を乗り出して、顎を摑んできた。

「あなたはね、私の可愛い奴隷になるためにK学園に来たの。これは運命なのよ。それともう一つ、この稽古場の様子はずっと撮影されてるから、くだらないことを考えたら恥ずかしい動画ばらまかれることになるわよ。まあ、先生も含めてあなたの味方になる人なんていないだろうけどね、うふふ」

静かな声だがやけに迫力のある物言いで綾乃は言った。

「そんな……あああ……」

この島にいる限り、自分は彼女の手から逃げられないことを光は悟り、またすすり泣きをはじめた。

そしてなにより、理事長を味方につけた綾乃の力が恐ろしかった。

第三章　肛門ディルドウの苦悶

「くだらないことを考えたら、わかっているわね？」とさんざん七菜子に脅されてから光は寮に帰された。

だがこの学園の中で彼女たちに逆らうことができるはずもなく、光は一人、寮の部屋で泣いた。

自分の晒した姿を思い返せばたまらなく屈辱的で、そしてこれからのことを考えると不安で身がすくむ思いだった。

それでも肉体を責め抜かれた疲れのせいで眠りに落ち、翌朝の朝食をすませると、生徒会の腕章を着けた七菜子が寮まで迎えに来ていた。

同級生の男子たちがなにごとかと見つめる中、光は制服に着替える必要もないと言われて寮から連れ出された。

「さあ入るわよ」

その後、生徒会室で着替えをさせられた光が向かわされたのは、一年生校舎の自分の教室だった。

傍らには七菜子だけでなく、綾乃以外の生徒会の先輩女子数人が付き添っている。

「ああっ、でも……」

「いいから入りなさい」

躊躇する光だがもちろん逃げるという選択肢はない。

もし学園を辞めたりしたら実家の近所にまで女装姿で射精するビデオをばらまくと脅されていた。

「早くっ」

焦れた七菜子の声に押されるように光は教室の扉を開いた。

「おはよう……えっ……」

まだ朝のホームルームの前でざわついていた教室だったが、光が入った瞬間、一気に静まりかえった。

「どうしたの……その格好……」

一番前の席にいた同級生がぽかんと口を開いたまま呟いた。

「ああ……あんまり見ないで……」

あまりの恥ずかしさに光は下を向いて腰をよじらせる。

それもそのはず、生徒会室で光が身につけることを強要されたのは、K学園の女子の制服で、首にはブルーのリボン、スカートは校則では膝丈となっているが、太腿が見えるくらい短めだった。

「ええっ、もしかして大里って女だったの？」

「なに言ってんだよ、この間、寮でいっしょに風呂に入ったじゃんか」

近くにいた男子生徒が目を丸くして混乱している。

まだ入学して間もないので、顔は女の子よりも可愛い光が女子の制服を着たら、クラスメイトが戸惑うのも無理はない。

「はい、みなさん、こちらに注目してください」

ざわつきだしたクラスに七菜子の声が響くと、また全員が静まりかえる。

今度は恐怖が伴《ともな》った静寂に男子一割、女子九割の教室が包まれた。

「えー、では、大里くんが女子の制服を着ている理由を私から説明します。今日は生徒会の副会長としてではなく、演劇部の部長としてまいりました」

教卓の前に立った七菜子がはっきりとした口調で言い、その後ろに先輩女子が並んだ。

クラスメイトたちはみんなしっかりと前を見つめている。顔を逸らしたりしたら、真ん中のあたりの席で青ざめた顔をした級友と同じように投げ飛ばされるのではないかと怯えているのだ。

(ああ……そんなじっと見ないで……)

必然的に七菜子の隣に立たされている光に視線が集中することとなり、恥ずかしさにたまらなくなって、両手で穿き慣れないスカートを押さえて下を向いた。

「大里くんは演劇部に入部し、今度、女になりたい男の子の役をすることになりました。それでしばらくの間、女子の制服を着て学校生活を送ります」

完全に決定事項としての雰囲気を漂わせる強い口調で七菜子は説明する。

もちろん恐ろしい彼女に口を挟むものなどおらず、みな黙って聞いているだけだ。

「練習期間中、大里くんは学校では女子の服で生活し、口調も男言葉は禁止です。違和感を覚える人もいるかもしれませんが協力してください」

「え……そんな僕は」

言葉遣いまで女のものにしろと言われて、光は思わず反論しそうになるが、後ろにいる穂香にギュッと背中をつねられて封じられた。

「もちろん生徒会も許可済みです。我々は真剣に演劇に取り組んでいます。どうかよろしくお願いします」

七菜子は両手を教壇に置くと、深々と頭を下げた。

長身で見た目も迫力があり、実際に反抗的な後輩を投げ飛ばした彼女が頭を下げる姿に、みな驚いて目を見開いてる。

「みんな返事は？　私たちのお願いを受け入れてくれるのなら、『はい、わかりました』と復唱」

まだ頭を下げたまま七菜子の後ろから、瞳がこちらも張りのある強い声で言った。

「はい、わかりました」

瞳の言葉に反応し、クラスの全員が大声で返事をした。

その声はまるで訓練された軍隊のかけ声のような強さで、光はもう自分がなにを反論しても無駄だと痛感させられたのだった。


「そうか、大里は演劇の修行中か。まあ頑張れよ」

七菜子たちは担任が来るのを待って説明してから教室を去っていった。

事なかれ主義の担任はあっさりと提案を認め、いかにも関わりたくありませんといった様子だ。

「うわあ、でもすごく似合うよね」

「私たちより遥かに可愛い」

ホームルームと一時間目の授業との間に十分間の準備時間があるのだが、担任が出ていくと同時に光は女子たちに囲まれた。

「ぼ、僕は……そんなに見ないで……」

イスに座ったまま十人以上の女子に女装姿を見つめられ、光は恥ずかしさと哀しさで涙を浮かべる。

どうして自分がこんな目にあわなければならないのか。そして綾乃が告げた、そのために学園に合格させたという言葉……。

自分が恐ろしい運命に呑み込まれているような気がして、光は不安と恐怖に苛《さいな》まれた。

「あら、僕なんて言っちゃだめじゃん。『アタシ』か『私』。光ちゃんは清楚だから『私』のほうがあってるかな」

顔を真っ赤にする光を見て笑いながら、女子たちは無遠慮に語りかけてくる。

女子というのは元々女っぽい容姿の男が好きなのか、異常なくらいにテンションが高い。

「あらやだ、耳まで真っ赤、すごい肌ツルツル」

だからか、光を取り囲んでいる女子以外の女生徒もにやけ顔でこちらを見ていた。

「ほんとだ。ほっぺもすごい弾力。私もこんな肌になりたい」

運動部のこの女生徒は春なのに真っ黒に日焼けしていて、光の白い肌が羨ましいようだ。

「や、やめろよ」

前から横から指で肌を突かれ、光はたまらず身体をよじらせる。

イスの上でスカートが捲れ、太腿のさらに奥が覗いているが、あまり下半身を意識していない光は気がついてない。

「あら光ちゃん、そんな脚を開いたらおパンツが見えましてよ。女の子は膝をくっつけないと」

「あっ、やだっ」

ふざけ半分の指摘に光は慌ててスカートを両手で押さえた。

光は男物の下着を身につけることは許されず、七菜子たちが用意した肉棒を目だたなくするパンティを穿かされている。

デザインはレースがついた女物なので、それを級友に見られるわけにはいかなかった。

「やだっ、だってえ、可愛い。女っぽくなってきたわね。いいよ、光ちゃん」

「声も高いから女言葉のほうが似合うよね」

小さな悲鳴をあげた光に女子たちがキャッキャッと騒ぎだす。

「もうやめてよう……ああ……」

恥ずかしさと屈辱に真っ赤になった顔を伏せ、光は時間が過ぎ去るのを待つのみだった。

「あっ、くうう、ああ、もう、あああん、あああっ」

女装姿を級友たちにからかわれ、恥ずかしさに死にたくなった光だったが、本当の地獄は授業が終了してからだ。

放課後すぐに演劇部の面々によって稽古場に連れてこられた光は、今日は両手両脚をX字の形に開かれ、床の上で身悶えていた。

「うふふ、敏感なおチ×チンね。カウパーがすごいわ」

稽古場の床にはどこから持って来たのかX字の磔台が横たえられ、光はその上に仰向けで四肢を固定されている。

もちろん身体に身につけていたものはすべて剝ぎ取られ、今は瞳によって肉棒をフェラチオされていた。

「あっ、ああう、やめてよぉ、くううう」

大きく開かれた細い両脚の間で、可愛らしい見た目にはあまりに不似合いな巨根を勃起させて、光はずっと苦悶していた。

「男の言葉遣いはだめって言ったでしょ」

磔台の横には七菜子が膝立ちでいて、苛だったように光の乳首を摘まみ上げてきた。

「あっ、だめっ、あああん、ああっ」

かなり強く摘まれたのにまるで痛みは感じず、強烈な快感に光は震える。

声も当然のように悩ましい喘ぎ声となり、まさに少女の悲鳴だった。

「こらこら、七菜子、あなたももう少し優しい言葉遣いをしないと。光ちゃんに移ってしまうじゃない」

綾乃は責めには参加せず、稽古場にイスを置いて見守っている。

「はっ、はい、申し訳ございません」

彼女が一声かけただけで、七菜子は背筋を伸ばした。

自分の合格は綾乃のお眼鏡に叶ったからだという宣言もあり、光には彼女が怪物のように思え、恐ろしくてたまらなかった。

「あうっ、もう、だめっ、ああっ、あああ」

その間も瞳のフェラはずっと続いている。

もちろん肉棒を舌で愛撫されるのは初めての経験で、柔らかく温かい瞳の舌が絡みつく快感に光はカウパーをまき散らして悶絶していた。

「うふふ、そんなに早くイッちゃだめ」

肉棒が痺れるような快感に翻弄されるままに光が頂点に向かおうとしたとき、瞳はにやりと笑って舌を離していった。

「あっ、あうっ、ううう」

小さな唇を半開きにしたまま、磔台に横たわる光は唯一自由になる頭を起こして、瞳を恨めしげに見る。

先ほども同じ状態で七菜子にパイズリ責めを受けていたのだが、そこでもイカせてもらえなかった。

「ああ……もう……」

細身の腰をクネクネとよじらせ、光は切なくよがる。

肉棒はずっとビクビクと脈打っていて、射精したくてたまらなかった。

「うふふ、可愛いわ、光ちゃん。どう？　美南海。あなたも男として光ちゃんを責めてみたくなるんじゃない？」

イスの上の綾乃の傍らには四つん這いの美南海がいる。

今日も全裸の身体に首輪を着けられ、陰毛の隙間からピンクの突起をはみ出させた美南海の姿が自分の未来であるような気がして、光の恐怖はさらに強くなるのだ。

「ああ……私はマゾですから……誰かを責めることは想像もできません……」

「うふふ、そう。前は気が強かったあなたもずいぶんと変わったものね。最初は私をぶっ飛ばすなんて言ってたのに」

「もうおっしゃらないでください。あのころの美南海は馬鹿だったんです」

四つん這いのまま恥ずかしそうに呟く美南海を、綾乃が優しげな笑顔で見つめている。

二人の様子はまさに奴隷と女王で、七菜子たち以上に立場がはっきりとしているように思えた。

「ふふ、そろそろ収まったかしら？　じゃあ今度はしゃぶってあげる」

あれほど溢れていたカウパーが乾いてきたころ、瞳はいまだギンギンの怒張を強く握り、唇を開いた。

「あっ、くううっ、そんなの、ああっ、あああぁ」

今度は亀頭が瞳の口内に吸い込まれていく。

柔らかい口内の粘膜が昂《たかぶ》りきった怒張に絡みつき、光はまた声をあげて腰をよじらせる。

「あふ、んん、んん、んん」

そんな後輩男子の顔を上目遣いで見つめながら、瞳は頭を上下に揺らしはじめた。

「ああ、そんなのだめです、あああっ、あああん、ああっ」

唾液に濡れた粘膜が亀頭のエラや裏筋に絡みつくようにしごき上げ、光は横たわる磔台の上で小さな身体をよじらせる。

生まれて初めてのしゃぶり上げに、快感がすぐに再燃し、指の先まで痺れきっていく。

「はああん、もうだめ、あああん、ああっ、ああっ」

甲高い声でエクスタシーを極めようとしたその瞬間、瞳は素早く唇から怒張を吐き出した。

「うふふ、光ちゃんのイク瞬間ってわかりやすいね」

イクにイケずにビクビクと脈打ちながらカウパーを溢れさせる光の逸物を軽くしごきながら瞳は笑う。

もう怒張は破裂寸前といってもよく、わずかな刺激だけで達してしまいそうなのだが、瞳はそこも心得ているのか微妙な強さで擦るのみだ。

「ああ……どうして……こんなこと……あああ」

もうたまらず光は白い身体を激しくよじらせ、自ら腰を上下に揺する。

このまま寸止めを繰り返されたら本当に気が狂ってしまうのではないかとさえ思った。

「うふふ、イキたいのね？　光ちゃん」

「ああ……はい……イキたい……」

射精をねだるのは情けなくてたまらないが、このままではおかしくなると、光は切ない声で懇願した。

「ならもっと一生懸命お願いしないと」

ここで満を持したように綾乃が立ち上がり、磔台の上の光のそばに歩み寄った。

「一日も早く可愛い女の子になれるように頑張りますから、イカせてくださいってお願いしたら考えてあげるわ」

生まれついてのサディストなのだろう、綾乃は嬉しそうに苦悶する光を見下ろしながら言い放った。

「ああっ、いやです、そんな……僕は男なのに……」

どれだけ辱められても男であることを否定するなど、ずっと自分の容姿に苦しんできた光はできないと思った。

「あらそう。じゃあ、このまま朝まで寸止めね。明日の授業まで寝かせないわよ」

肉棒を握る瞳が待ってましたとばかりに言うと、怒張を強くしごいてきた。

「あうっ、もう、ああっ、イク、あああっ」

あっという間に竿の根元が締めつけられ、光の身体が発射態勢に入る。

だがもう一擦りというところで瞳の手の動きが止まった。

「ああ……そんなあ……ああああ……ひどい」

またタイミングを逃してしまった光はX字に固定された四肢を震わせて、頭を何度も横に振った。

「イキたかったら女の子になるって言うの。それ以外は認めないわ」

綾乃の顔から優しげな笑みが消え、鋭い目で睨みつけてきた。

元々、切れ長のすっきりとした瞳を持つ彼女なので、強烈な迫力を感じさせた。

（ほ、本気だ……）

その目の強さゆえ、一晩中、光を寸止め責めにするという言葉が嘘ではないとわかる。

（そんなことになったら僕は……狂い死んでしまう……）

もうまともではいられないのではないだろうかと光の心は追いつめられていた。

「さあ、どうするの」

綾乃はそう言うと、瞳を後ろに下がらせ、靴下を脱いだ素足で光の下腹部のあたりを踏みつけてきた。

「はああん、あああっ、ああ、僕は……あああ」

生足が肉棒に食い込む圧力だけで光は達しそうになるが、ここでも力加減が微妙でイクことはできない。

あらためて光は自分の性感が彼女たちのコントロール下にあるのだと自覚させられるのだ。

「僕は？『私は』の間違いでしょう？」

不満げに呟いた綾乃は、今度は肉棒のほうではなく、下にある玉袋をグリグリと足裏で弄《もてあそ》んできた。

「くうう、あああん、私は、あああん、可愛い女の子になれるように、あああん、頑張りますう」

痛みとも快感ともつかない感覚の中で光はついに禁断の言葉を口にした。

いま光の中にあるのは射精への渇望だけで、他のことはなにも考えられなかった。

「うふふ、じゃあ、ちゃんとおねだりもしなさい。お姉さまがた、光が一日も早くエッチな女の子になれるように仕込んでくださいって」

綾乃は脚を動かしながらさらなる要求をしてきた。

あまりの屈辱的な言葉をいつもなら死んでもいやだと言うところだが、今の光にはもう正常な判断ができない。

「ああっ、お姉さまがた、早く光がエッチな女の子になれるようにいっぱいしてください。ああ、ああ、もう」

亀頭がはち切れそうな光はまくし立てるように絶叫し、縛られた身体をよじらせた。

「よくできました。じゃあ、ご褒美をあげるわ。美南海、こっちにいらっしゃい」

だらだらとヨダレを流すようにカウパーを溢れさせる光の肉棒から目を外した綾乃は、離れた場所でずっと四つん這いだった美南海に命じる。

「はい……」

もう完全に従順な犬として仕込まれているのだろう、美南海は立ち上がらずに四つ足で移動してきた。

「な、なにを……ああ……」

彼女たちの行動の意味がわからず、光は唯一自由になる頭を上げた。

どちらにしてももう光の精神は崩壊寸前で、誰でもいいから射精させてほしいと願うばかりだった。

「うふふ、女の子になることを決意した光に、今、この瞬間だけ男としての本懐を遂げさせてあげるの。あっ、本懐だなんて昔っぽい言い方だったかな」

綾乃が冗談ぽく言うと、七菜子たちがくすりと笑った。

要所要所で彼女は光のことをちゃん付けではなく呼び捨てにしてくる。それが妙に心にのしかかり、嫌でも上下の関係を認識させられた。

「さあ、美南海。あなたの女の部分で光を男にしてあげるのよ」

にやりと笑った綾乃は、美南海の長いクリトリスの奥にある女の裂け目を軽く撫で上げた。

「あっ、はああん」

彼女の指が触れただけで美南海は大きくのけぞり、甘い声が稽古場中に響く。

「あら、もうこんなに濡らして、いやらしい子ね」

「ああん、私、光ちゃんに自分を重ねて、ああぁん、すごくオマ×コが疼いて」

四つん這いのしなやかな身体をくねらせて美南海はよがり泣き、卑猥な言葉もなんの躊躇もなく叫んでいる。

彼女は自分を重ねていると言ったが、光のほうも美南海に己《おのれ》の向かう先を見ているような気がして背筋を寒くしていた。

「うふふ、ほんとにマゾね。まあ、これだけ濡れていたらローションも前戯もいらないわ。さあこのまま光に跨がりなさい」

「はい」

命令されるとすぐに美南海は立ち上がり、光が仰向けで乗る磔台のそばに立つ。

「どう？　光。大人の男になる気持ちは」

美南海が長い脚を上げて、磔台ごと光の腰の上に跨がると、横から瞳が高笑いした。

「ああっ、ああっ、もうどうにでもしてください。ああっ」

仰向けの自分の上で、両脚をガニ股に大きく開いた美南海の、子供のおチ×チンのようなクリトリスと、そしてドロドロの膣口を見上げ光は絶叫する。

無理やり童貞を奪われる口惜しさよりも、一刻も早く射精したいという思いのほうが勝っているのだ。

「じゃあ、いきます」

静かに言った美南海は引き締まった腰をゆっくりと沈めてくる。

濡れた膣口に光の巨大な亀頭が静かに呑み込まれていく。

「くうう っ、熱い、あああっ、ああっ」

初めての女の媚肉の熱さに、光はX字に拘束された身体をばたつかせ、艶のある声を出した。

磔台に光の四肢を縛りつけているロープがギシギシと音を立てる中、周りを取り囲んだ綾乃たちがいっせいに淫靡な笑みを見せた。

(こ、これが女の人の中……)

もちろん光はそんなことを気にしている余裕などない。

ドロドロの粘液にまみれた媚肉が昂りきった亀頭を食い締めながら、どんどん呑み込んでいく。

ねっとりとした粘膜が肉棒に絡みつく快感は凄まじく、あまりの気持ちよさに息もできないほどだった。

「美南海はどうなの？　光のチ×ポは」

横から穂香が下品な言葉を投げかける。

この生徒会はサディストばかりが集まっているのか、男っぽい女子が、見た目は女そのものの少年に跨がって犯すというこの異常な状況を心から楽しんでいる様子だ。

「ああっ、あああん、すごく、大きくて、ああん、中がいっぱいです」

感極まっているのは光だけではなかった。美南海のほうも端正な顔を歪め、甘い声を響かせている。

小ぶりな乳房の先端は完全に勃起し、白い肌もピンク色に染まっていた。

「あっ、奥に、ああっ、くううっ」

「はうっ、きつい、くううう」

美南海の腰が沈みきり、巨大な逸物がすべて呑み込まれると、二人はほとんど同時に切羽詰まった声をあげた。

「ああっ、中が、ああっ、締めつけてる、ううっ、くううう」

彼女の膣道は最奥が異様に狭く、亀頭がグイグイと振り絞られるような感覚を光は覚える。

ねっとりと濡れた粘膜が男の敏感な箇所に絡みつき、たまらない快感が突き抜けていった。

「あっ、光ちゃん、ああっ、動かないで、あああん、私、すごく、感じて」

無意識に光は腰を使ってしまい、美南海が甘い声を漏らす。

二人は互いに快感に翻弄され、ずっと身体を切なげに悶えさせていた。

「ほら、美南海、もっとあなたがリードしないとって言っても、光のが大きいから無理そうね。ねえ、誰か手伝ってあげたら？」

横たわる光の腰に跨がったまま、もう息も絶えだえといった様子の美南海を見て、綾乃が顎をしゃくった。

「はい」

こういうのは自分たちの出番だとばかりに、大柄な七菜子と穂香が、磔台に跨がる美南海を挟んで立つ。

そして、彼女の肩と腕を両側から支え、上下に揺すりはじめた。

「あっ、ああん、だめっ、奥に、あああん、大きいのがあ、あああん」

美南海の白い身体が豪快に上下し、肉と肉がぶつかる乾いた音が稽古場にこだまする。

「はうっ、うううっ、僕、ああっ、そんなにされたら、はああん」

媚肉がこれでもかと亀頭のエラや裏筋を擦り上げる。光は大きく唇を開き、白い歯を見せながら喘ぎまくるばかりになる。

「僕？　だめでしょう、光。ちゃんと女らしい言葉遣いをしなさい」

思わず口に出た言葉に眉を吊り上げた綾乃は、汗の浮かんだ光の胸板にある乳頭を摘まみ上げてきた。

「ひあああ、あああん、ごめんなさい。ああん、私、もうイキそうです」

乳頭から背中に向けて突き抜ける電撃に、背中を弓なりにした光は夢中で叫んだ。

もう頭でなにかを考える余裕などなく、命令されると本当に自分は女性であるような錯覚さえしてしまう。

そのくらい初めての女肉の快感はすごかった。

「はあああん、私、あああっ、もう出ちゃう、ああん、精子出ちゃう」

怒張はもう膣肉の中で激しく脈打ち、下半身が痺れきって太腿が引き攣った。

「ああっ、美南海、あああん。もうイキそうです。はあああん、あああ」

限界なのは光だけでなく美南海も同じ様子で、何度も背中をのけぞらせている。

媚肉も彼女の昂りに見事に反応し、肉棒を絞るように締め上げてきた。

「ああっ、美南海さんが強すぎます。ああっ、ほんとに出ちゃいますう」

X字に開かれた小柄で白い身体を悶絶させながら、光は自分を見下ろしてる綾乃に向かって言った。

性経験はまるでなかった光だが、このまま射精すればどんなことになるかくらいはわかっている。

「大丈夫よ、光。美南海は妊娠しないお薬を飲んでいるから、心置きなく中で射精しなさい」

ここでも光の不安を敏感に察知して綾乃が声をかけてきた。

心を読みきられているようで恐ろしいが、もう思考がおぼつかない。

「あっ、あああっ、イク、イキます、光、イッちゃう、ああん」

頭も真っ白になり、光はただ快感に身を任せ、自ら腰を突き上げた。

肉棒の奥から熱いものがこみ上げ、下半身全体が痙攣を起こす。

「イッ、イクうううううう」

真っ白な歯を食いしばって光は極みに達した。

怒張の先端が弾けるような感覚があり、熱い精液が飛び出していった。

「はうっ、すごい、ああっ、美南海も、ああん、射精されながら、イクううう」

一瞬の間を置いて美南海もエクスタシーを叫んだ。

細身の腰を光の下半身に押しつけるようにしながら、背中を弓なりにして頭を後ろに落とした。

「くうっ、美南海さんの中が、ううっ、くううう」

エクスタシーと同時に膣肉が強く収縮し、亀頭が食いちぎられそうな感覚を光は覚える。

強烈な快感に呑み込まれながら、何度も腰を震わせ、熱い精を放ちつづけた。

「ああ……はあ……あああ……」

身体中の体液をすべて搾り取られたような怠《だる》さを覚えたころ、ようやく射精の発作が収まった。

大きな瞳も所在なげに彷徨《さまよ》い、もう光は呼吸をするだけで精一杯の状態だった。

「さあ光ちゃんを解放してあげなさい」

同じように身体に力が入らない様子の美南海が磔台から引きずるように下ろされると、綾乃が指示して両手脚の縛めが解かれた。

「ああ……」

もうなにもかもをなくしたような気持ちの光だったが、ようやく四肢が解放され、ほっと息を吐いた。

「さあ、こっちに来て、光ちゃん」

ようやく上半身だけを起こした光が声のするほうに目をやると、そこには一枚の白いマットが敷かれていた。

「ひっ」

そしてその横に立つ綾乃の姿を見た瞬間、光は呼吸も止まるような衝撃を受け、目を見開いて身体を硬直させた。

彼女はいつの間にか服を脱いでいた。真っ白で長い両脚や意外と大きめの乳房、そして薄いピンク色をした美しい乳頭が晒されている。

ただ下半身には黒い革でできたパンティを穿いていて、光が絶句したのはその股間に男性器を模したディルドウが反り返っていたからだ。

「うふふ、童貞と処女を同時に卒業する子なんてなかなかいないわよ。マゾの光にとっては最高の経験よね」

凍りつく光を見てニヤニヤと笑いながら、綾乃はディルドウにローションを塗り込んでいる。

「さあ、会長をあまりお待たせしてはいけないわ」

手脚が解放されたあとも、横たわる磔台に座ったままだった光の両腕を、七菜子と穂香が抱《かか》え上げた。

「いっ、いや、もう許して、いやああ」

綾乃の狙いがなんなのか、もういい加減光にも理解できる。

大きな瞳から涙をボロボロと流して拒絶する光だが、身体に力が入らないのと、女とは思えない二人の力に引きずられていく。

「あっ」

素っ裸の身体を放り投げられるようにマットに転がされた光は、白い両脚を思わず開いてしまい、射精を終えてだらりとしている肉棒や玉袋が上に向かって晒された。

「光ちゃんの可愛いお顔がしっかりと見られるから正常位のほうがいいわよね」

仰向けのまま開かれた両脚の足首をしっかりと握り、綾乃は身体を入れてきた。

七菜子に比べれば普通の体格の綾乃だが、負けないくらいに力が強く、光はすぐに動きを封じられてしまう。

なにより彼女の冷たい瞳を見ていると、心が押しつぶされ気力まで萎えていくのだ。

「うふふ、もう覚悟は決まったみたいね。それとも怖くて動けないのかしら」

笑みを浮かべて優しい口調だが、綾乃の切れ長の瞳は異様に輝いていて、さらに恐怖が強くなった。

「そんなに怖がらなくても大丈夫よ。初めての光ちゃんに合わせて細身のおチ×チンにしてあげてるからね」

怯える光の瞳をじっと見据えたまま、綾乃は腰をゆっくりと押しだしてきた。

「お願いです、もう許して、あっ、あああああっ」

必死で哀願する光だが、すぐに大きく喘いで背中をのけぞらせた。

小さくすぼまる肛肉を硬いプラスチックの棒が押し拡げ、言葉も出せなくなったのだ。

「い、痛い、くうう、あああっ」

細目とは言っても先日突っ込まれた瞳の指よりは遥かに太く、そして表面もいびつだ。

柔らかい肛肉や腸壁を硬いものが引き裂く痛みに、光は下のマットを摑んで苦悶する。

「うふふ、最初だけよ。すぐに馴れるわ」

綾乃は白い歯を見せて苦しむ光におかまいなしに、ディルドウをどんどん押し込んできた。

「ううっ、はああん、ああっ、くううう」

ズブズブと腸壁を押し拡げ、ディルドウは奥に向けて侵入してくる。

排泄専門の器官を硬い物体が遡《さかのぼ》る感覚に、光はもうなにも考えることもできずにただ苦悶するばかりだった。

「ほら、全部入った。どう気分は？」

じっくりと時間をかけてディルドウを押し込んだ綾乃は、馴染ませるように腰を小刻みに動かしてきた。

「あっ、ああああっ、いやっ、もう動かないで、ああっ、くううう」

だらしなく開かれた両脚を震わせ、光は頭を横に振る。

そんな自分の姿をいつの間にか七菜子たちが周りを取り囲んで見つめていて、屈辱感がさらに強くなった。

「そうかしら、私には本気で嫌がっているようには見えないけどね、ほっぺも赤くなってきてるし」

綾乃はじっと光の目を見つめて様子をうかがいながら、徐々にピストンを早めてくる。

「あっ、あああん、いやっ、あああっ、もう、許してえ、あああん」

彼女の見立ては間違っておらず、確かにディルドウの太さにアヌスも直腸も慣れはじめている。

特に綾乃が腰を引いたときに、ディルドウがかき出すように肛肉を拡げると、擬似的に排便させられているような開放感が湧き上がる。

(どうして僕、こんなひどいことされてるのに)

男の身でありながら、女子のように男根を打ち込まれて犯されているというのに、屈辱にまみれながらも快感を覚えている。

しかも胸の奥をかきむしられるような汚辱感でさえも、熱さに変わって肉棒の根元がキュンキュンと疼くのだ。

(これがマゾの快感……違う、僕はそんなんじゃない)

光は歯を食いしばって否定しようとするが、身体はさらに燃え上がり、白い肌はピンクに染まって汗まで浮かんでいる。

もちろん仰向けの胸板の上では、二つの乳頭が天を突いて硬化していた。

「ああん、僕は、あっ、あああっ、あああっ」

いつの間にか痛みは消え去り、光はただひたすらに喘ぐばかりになる。

もうアナルはしっかりと快感をまき散らしていて、両脚はビクビクと震えだしていた。

「すごいわね、光ちゃん。バージンをなくしたばかりでそんなエッチな顔をするなんて、女の子でもなかなかいないわよ」

よがり泣く光を見て綾乃も昂ってきたのか、激しく腰をピストンさせてきた。

「そんなあ、あああん、もう、ああん、あああっ」

綾乃の言葉に周りにいる七菜子たちも声を出して笑いだす。

情けなさと恥ずかしさに泣きだしたい光だったが、腸とアナルの快感がそれを許してくれなかった。

「もう少し調教すればアナルももっと気持ちよくなると思うけど、そこはじっくりと教えてあげる。今日はここでイキなさい」

綾乃は一度、ピストンを止めるとディルドゥを後ろに引き、角度をつけて光の肉棒側の腸壁に向けて突き出した。

「ひっ、ひあああああっ、あああっ、ああっ」

斜め上に打ち込まれたディルドゥがすでに蕩けていた腸壁を抉る。

同時に前立腺が押しつぶされ、まさに稲妻のような快感が光の頭のてっぺんや爪の先にまで駆け巡った。

「はあああん、ああっ、あああん、だめっ、ああん、ああん」

白く小柄な身体をビクビクと痙攣させながら、光は何度も背中を弓なりにする。

もう意識は飛び飛びになり、ただ甲高い女性の喘ぎそのものの嬌声をあげてのたうち回った。

「うふふ、瞳が言っていたとおり前立腺が敏感なのね」

鋭敏な反応を見せる光の前立腺側の腸壁に綾乃はこれでもかと、ディルドゥを突きたてながら、肉棒を手でしごいてきた。

「はうううう。両方なんて、あああん、会長さん、ああん、許してえ、あああ」

ドロドロの腸壁と前立腺、そして肉棒の三カ所から同時に突き抜ける、強烈な快感に翻弄されるがまま光は絶叫する。

大きな瞳は完全に蕩けきり、開きっぱなしの唇の奥に舌が覗いていた。

「許してじゃないでしょ。気持ちいいのかよくないのか、みんなにちゃんと聞こえるように言いなさい、光」

強い口調で叫んだ綾乃はさらにピストンを早くし、あっという間に勃起した逸物を擦る指に力を込めた。

「はあああん、ああっ、気持ちいい。あああん、気持ちよすぎて、おかしくなりそうです、あああっ、ああああああん」

マットを両手で摑みながら光は全身をくねらせ、絶叫を繰り返す。

もうなにかを考えることもできず、ただ快感と、それを与えてくれる綾乃の言葉に押し流されていた。

「すごい……」

そばにいる穂香がつばを飲み込む音が聞こえてきた。

「ひううっ、もう、ああっ、イキます、あああっ、あああっ」

さっき初めての膣内射精を終えたばかりなのに、光は男の頂点へと向かおうとしていた。

「美南海のオマ×コとアナルを犯されながらしごかれるの、どっちがいいか言いなさい。そしたらイッていいわ」

肛肉が激しく開閉を繰り返すほどディルドウをピストンさせ、先端から溢れるカウパーを亀頭に擦りつけるようにしながら肉棒をしごき、綾乃は訊《き》いてきた。

「あああん、そんな、あああん、あああっ」

こんな質問に答えたら、自分は男ではいられなくなる気がする。

しかし、光の胸の奥から、綾乃に従いたい、もっと堕ちていきたいと、自虐的な思いがこみ上げてくるのだ。

「ごまかしてないではっきり言いなさい、ほら、早く」

綾乃はさらに角度をきつくして光の腸壁を抉ってくる。

今までの人生で意識することがなかった前立腺も、今ははっきりと感覚があり、そこに圧力が加わると同時に、脳まで痺れるような電流が駆け巡るのだ。

その快感が光のすべてを溶かし奪っていった。

「ああああん、いいい。お尻を突かれながらおチ×チン責められるほうが、何倍も気持ちいいい」

マゾの願望から綾乃の望む答えを言おうとしたのではなく、実際に美南海の中の何倍もの快感を光は得ていた。

初めての女性の膣は蕩けそうなくらいに気持ちよかったのだが、前立腺を突かれ、ギンギンに昂った逸物を強くしごかれると、身体がバラバラになるかと思うような悦楽に身が沈んでいくのだ。

（ああ……僕はもうだめな人間に……）

人としてなにか大切なものを捨ててしまったような気がするのだが、そんな気持ちがさらに光のマゾの性感を燃え上がらせる。

「ひううう、ああっ、もうだめっ、あああっ、イキます、綾乃様あ、あああっ」

無意識に綾乃に「様」をつけて呼びながら、光は絶頂に向かう。

怒張は完全に痺れきり、先端からカウパーが飛び散るように噴き出していた。

「イキなさい、光」

呼吸を合わせた綾乃はとどめとばかりに腰を振り、怒張を強くしごき上げてきた。

「くううう、あああん、イク、光、イッちゃうううう」

無我夢中で叫びながら、光は身体を大きく弓なりにした。

怒張の根元が強く締めつけられ、下半身が激しく震えた。

「はうっ、あぁっ、あああああっ」

情けない鼻息を漏らしながら、光はエクスタシーの発作によがり泣く。

亀頭の先端からは噴水のような勢いで白い粘液が飛び出した。

「すごいわ、光。ほらもっと出しなさい」

興奮に目をぎらつかせながら、綾乃は激しく肉棒に指を擦りつける。

「あうっ、あぁっ、綾乃様、あぁっ、あああん」

彼女の亀頭を光の頭のほうに向けているので、光は自分の精液を顔に浴びることになる。

「ううっ、あああっ、僕の精子、あぁん、あぁっ」

頬に絡みつく粘液から漂うすえた臭いを感じながら、光は目を潤ませて快楽に酔いしれた。

稽古場での凄まじい責めにぐったりとなった光は、綾乃に連れられて総合校舎に連れていかれた。

総合校舎は職員室や大きめの講堂などがある建物で、ここを囲むように各学年の校舎が別々にあるので、まさにK学園の中心といった感じだ。

「ああ……どこへ」

もう夕方で日も沈みかけ、薄暗くなった廊下や階段を、綾乃は女子の制服を再びまとった光の手を引いて歩いていく。

廊下の電灯もまだ点《つ》いておらず窓から差し込む夕日の赤さが、光の恐怖心を強くしていた。

「もうすぐよ」

綾乃のほうは楽しげに微笑んだまま歩いている。

彼女は一人で光を連れていくと言って、他の先輩女子は寮や生徒会室に戻らせた。

(やっぱりすごく綺麗だ……)

振り返った綾乃の顔があまりに美しく、光はこんな状況なのに顔が熱くなった。

するとなぜか、先ほど彼女に犯されたアナルがずきりと疼くのだ。

(どうして僕は……こんなにふうに身体を熱く……)

美女と手を繋いでいることに男として昂っているのではなく、嗜虐者としての彼女にマゾの性感が疼いているような気がして、光は哀しかった。

「ついたわ」

綾乃が立ち止まったのは、診療室と書かれたプレートが取り付けられた扉の前だった。

K学園には保健室はなく、かわりに毎日医師が常駐する診療室が設置されていた。

「三田《みた》先生、まだいらっしゃいますか？」

綾乃がノックすると、中からどうぞと女性の声がした。

「あら、いらっしゃい。ずいぶんと遅いのね」

光の地元の病院の診察室とほとんど同じような、ベッドや器具などが置かれたスペースに白衣を着た女性がいてこちらに背中を向けていた。

「こんばんは、今日は診《み》てほしい子がいて」

綾乃は彼女の言葉に応えながら、中に進んで光を丸イスの上に座らせた。

「どうしたの？　風邪？　あら可愛い子ね」

こちらを振り返った女医は、三十歳くらいの妖艶な美女で、パーマのかかった黒のロングヘアと赤い口紅がよく似合っていた。

白衣の中はブラウスとタイト気味のスカートだが、長身のうえ、脚がかなり長いので、剝き出しの太腿やふくらはぎからムンムンと大人の色香が漂っていた。

「こちらは三田梓《あずさ》先生、月曜日と火曜日の担当の先生なの。挨拶して、光」

「えっ、この子が光ちゃん。なるほどまさに女の子ね」

光が口を開くよりも先に梓が両手を叩いて声をあげた。

「なるほど、じゃあまずはおチ×チンとアナルから見せてもらいましょうか」

梓は冗談ぽく言ってはいるが、色っぽい、まつげが長い目はぎらついていて、口元では舌なめずりをしている。

(この人も全部知ってるんだ……)

彼女の物言いを聞けば、この女医が生徒会の面々の仲間であることがわかる。

校医まで取り込んでいるとは、綾乃の絶対権力の及ぶ範囲の広さに光は、ますます自分が逃げられないことを自覚させられた。

「もう、今日はたっぷりと責めたからもう無理ですよ。それより例の注射をお願いしたいんです」

ぷっと吹き出しながら綾乃は言った。

アナルだ肉棒だという会話を生徒会長と女校医がしている異常な空間だ。

「ちゅ、注射って。ま、まさか」

体内になにかを入れられると聞いた瞬間、光の頭によぎるのは麻薬だ。

いままでの綾乃の傍若無人な振る舞いを思うと、違法薬物を調教に使おうとしても不思議ではない。

「怖がらなくても大丈夫よ、ここには危ないお薬はないから、あなたに打ってもらいたいのは女性ホルモンのお薬」

ここでも光の表情から考えていることを察したのだろう、綾乃は先手を取って語りかけてきた。

すると白衣の梓もにやりと笑う。

「女性ホルモンと男性ホルモンって聞いたことくらいはあるでしょう。人間の身体には両方あるけど、性別によってそのバランスが違うの」

梓は短めのスカートから覗く、光のとうてい男には見えないすらりとした白い脚を見つめて言う。

「まあ、難しい講義はさておき、女性ホルモンを外から投与すれば、男の子でも体型が女っぽくなるの。逆も同じで女の子が男っぽく見えたりするわ」

「そ、そんな……」

彼女たちの意図が自分の身体を中から作りかえようとしていることだと気がついた光は、涙目になって後ろの綾乃を見る。

「別におチ×チンがなくなっちゃうわけじゃないから心配しなくてもいいわ。ちょっと顔つきや体型に変化が出るだけ」

怯えた光の表情も綾乃にとっては楽しいものでしかないのだろう、口角を上げながらそっと肩を摑んできた。

「い、いやです、ああ……お願いです」

身体を作りかえられる恐怖に怯え、光は何度も首を振った。

さっきは快感に屈して自分が女子であるようなことを叫んだ光だが、本心は女に見られることを嫌悪することに変わりはないのだ。

「うふふ、注射を受け入れてくれたら、特別開発クラスにいるあなたの大好きな朋弥先輩に会わせてあげてもいいわよ」

「どうして……そのことを……」

自分と朋弥の関係を知っているような口ぶりの綾乃に光は目を剝いた。

一度、二年生用の寮に訪ねて行った以外、級友たちにも話していないのに。

「この学園で私の知らないことなんてないの。あなたは今日から定期的にここに来て女性ホルモンのお薬を打つこと、そうしたら来月には朋弥先輩に会えるよう手はずるわ」

クラスの事情通の女子に特別開発クラスのことを聞いたところ、そこの生徒は寮も校舎も島の中心にある建物になり一般の生徒とはいっさい交流を持たないらしい。能力を伸ばすために一流の講師による指導に時間を費やすためと言われているらしいが、実態を知る者は誰もいないそうだ。

(でも会いたい……朋弥くんに……)

女装姿で強制的に射精させられる姿を撮影され、ついには女性によってアナルまで犯された。

まさに地獄の中にいるともいえる光にとって、朋弥の存在は心の支えなのだ。

彼に会って綾乃から助けてもらえるとまで甘い考えは持っていないが、快感に押し流されていく自分を踏み留めることができる気がした。

「わ、わかりました……約束してくださるなら」

わけのわからない薬を投与されるという恐怖に怯えながらも、光は静かに右腕を差し出した。

第四章　憧れの先輩の強烈なメスイキ

「あれ、光ってなんだか前より丸顔になってない？　柔らかくなったっていうか」

「ほんとだ、ますます女の子って感じ」

入学式から約一カ月が経ち、クラスメートたちもそれなりに馴染んできた五月、光は今日も女子の制服を着て登校していた。

休み時間に光の周りに集まるのはいつも女子ばかりで、男子の級友たちの扱いも女子に対してと同じようになっているのが哀しい。

「そ、そんなことないよ……別に変わるわけないし……」

イスに座っている光は慌てて否定するが、顔は赤くなり声がうわずってしまう。

誰よりも身体の変化を自覚しているのが光自身だからだ。

（僕……日に日に女の子になってる……）

毎日鏡を見て思うのはそのことばかりだ。

女性ホルモンの投与は梓の組んだスケジュールで数日おきに今も行われている。

女性の身体を女性らしくしているのが女性ホルモンだと聞かされていたが、まさにそのとおりで、光の身体は全体的に少しふっくらとして丸みを帯び、胴体やヒップのラインが柔らかくなった。

「そのうち、おっぱいも大きくなってきたりして」

隣にいる女子が光の胸を指で突こうとする。

「いやだよ、触っちゃ」

光は慌てて両手で胸を覆い隠す。

女性ホルモンの影響は特に胸元に顕著に出ていて、小ぶりだが丸味を帯びた乳房が膨らみ、乳首の周りも大きくなっていた。

綾乃たちにはそろそろブラジャーが必要だなどと言われていて、胸を隠しながら光は笑っているが、内心は冷や汗だ。

「恥ずかしがる光って可愛い」

「もう、やめてよ」

強要されてのこととはいえ、最近では女言葉を使うことにも抵抗がなくってきている。

これも薬の影響か、声もさらに高くなっていて、もう男の声には聞こえなかった。

「さあ、授業を始めるぞ、席に着け」

チャイムの前に教師が教室に入ってくる。

周りから人がいなくなり、光は授業中だけは静かでいられるとほっと息を吐くのだ。


肉体の変化に戸惑う光にとって最もつらいのは入浴の時間だ。

K学園では男子の場合、寮とは別棟に食堂と大浴場があり、入浴は学年ごとに時間をずらして行われる。

（ああ……）

いくらふだんは女子として扱われていると言っても、入浴だけは男子と共にせざるをえず、当然だが光は同級生たちに素っ裸を晒されねばならない。

なるべく脱衣所の端で服を脱ぎ、身を隠すように身体を洗うのだが、白い背中や急速に丸みを帯びたヒップに視線を感じる。

「見られてる……」

生徒会の恐ろしさもいい加減知っている同級生たちは、光の身体に直接なにかしようとしたり、卑猥な言葉を浴びせてきたりするわけではないが、ただ無言で見つめてくる。

ただささえ性欲の強い年ごろのその目はまさに野獣そのもので、見られているだけでも光はなんだか身体を触れられているような錯覚に陥るのだ。

「あっ、あうっ」

視線を浴びつづける背中に灼けるような熱さを感じたとき、肛肉に強い疼きを感じて光は声を漏らしてしまった。

甲高く艶のある声を出したせいでよけいに周りから注目を浴びてしまう。

（ああ……お願い、収まって……）

疼きは直腸全体を包み込み、やがてアナルが勝手に脈動を開始する。

毎日のように演劇部の稽古場で責め抜かれている光のアナルは、もう完全に性感帯と化していて、心や肉体が昂《たかぶ》ると刺激を求めてうごめくのだ。

（ああ……こんなに身体が熱いのにどうして……）

泡にまみれた身体が自然にくねってしまうほど、見られることの快感に震えているのに、怒張はピクリともしていない。

光は自分にとっての性器が肉棒からアナルに変わっているような気がして、哀しくてたまらなかった。

（ああ……もう見ないで……）

少しでも早く入浴を終わらせて男の視線から逃げたいと、光は懸命に身体を洗いつづけた。

そうしなければ本当に欲望が抑えられなくなってしまいそうだからだ。

もう自分の中にあるマゾの性感をはっきりと知覚しながら、光は頭からお湯を浴びた。


「ああっ、ひあっ、綾乃様。そんなに奥まで、あああん」

今日も光は放課後すぐに稽古場に連れていかれ、綾乃から激しいアナル調教を受けていた。

裸に女生徒用のリボンだけを首につけ、形のいい白尻を後ろに突き出すようにして、光は四つん這いで喘いでいる。

その後ろには制服姿の綾乃がいて、七菜子たちは少し離れた場所で眺めていた。

「まだまだ入るわよ、光」

綾乃が光のアナルに押し込んでいるのは、卓球のボールサイズの玉が数珠のように連なった器具だ。

それが一つ、また一つと肛肉を押し拡げながら腸内に侵入してくる。

「ああ、あひっ、あああん、あああっ」

腸壁を擦りながら硬い玉が進むたびに、光は甘い声をあげてよがり泣く。

今や光は腸の奥でも性感を得られるようになっていて、刺激を受けるたびに腰骨が震えるような快感に翻弄されるのだ。

「くううっ、あああん、だめえ、あああっ、あああっ」

数珠《じゅず》つなぎの玉がかなりの数、腸内に押し込まれ、息も詰まるほどなのだが、その圧迫感が妙に心地よかった。

「はああ、綾乃様……ああん、もう許してください」

めくるめく悦楽の中で光はマゾの本性を燃え上がらせ、自然と綾乃のことを「様」とつけて呼んでしまう。

(僕は……どうなってしまうの……)

止められない暴走を続ける自分が、光は恐ろしくて哀しかった。

「さあ、光、今度は出すほうよ。ほら」

すべての玉を光の腸内に入れ終えた綾乃は、再びすぼまった光の肛肉からしっぽのように顔を出している紐を引いていく。

それは玉同士を繋いでいる紐で、当然だが玉は腸内から外に向かって動きだす。

「ふ、ふあ、あああっ、あああん」

最初の玉が肛肉の裏側に当たり、括約筋が押し拡げられていく。

「ひあっ、あああん、私、あああん……」

硬い玉が肛肉を擦る快感と、擬似的に排便させられているような開放感に光はよがり泣く。

女の言葉を使うことも相変わらず強要されてのことだと自分では思っているが、もう意識してではなくなってきている。

「すごく広がってるわよ、光」

セピア色の裏門はこれでもかと開きながら、玉を一つ、また一つと排出していく。

最初は豆粒程度の大きさの、今と同じような数珠つなぎの道具から肛肉調教が開始されたのだが、いつの間にかこんなサイズのものでも平気に呑み込むようになってしまったのだ。

「ああん、あああっ、もう、ああっ、いいっ」

稽古場の床板の上で光は四つん這いで悶絶を続ける。アナルから湧き上がる快感に全身が翻弄され、腸の奥まで性器になった気がする。

肉棒はギンギンに勃起し、先端からカウパーをだらだらと垂れ流していた。

「あっ、あふ……あああ……」

そして最後の玉がアナルから吐き出されると、光はなにもかもなくしたようにその場に崩れ落ちた。

「ふふ、アナルはもう完全に女のオマ×コね」

うつ伏せに突っ伏す形の光の、形のいいヒップを撫でながら綾乃が囁いてきた。

確かに毎日のようになにかを挿入されている光のアヌスは、もう女性器と変わりがないのだ。

「前立腺のほうもかなり成長してますよね」

近くで様子を見守っていた七菜子が静かに言った。

「そうね、もうすぐ違うエクスタシーにイケそうなんじゃない？」

その言葉に呼応した綾乃は人差し指と中指を光のアナルに押し込んできた。

「あっ、はうっ、あああっ、もうそこは、ああっ、だめえ、あああ」

いきなり指二本を挿入されても、光のアナルはまったく痛むことなく、ただ甘い快感をまきちらしていく。

板張りの床の上にうつ伏せで寝そべった白い身体をのけぞらせて、光は情けない声をあげた。

「うふふ、前立腺も本当に敏感になったわ。かなり気持ちいいんじゃない？」

アナルに挿入した指の腹で、肉棒側の腸壁を綾乃はこねるように弄《もてあそ》んでくる。

「ひうっ、あああん、は、はい、あああ、そこをされると、ああん、私は」

肉棒の先端まで電流が突き抜けていくような強い刺激に、光は自ら快感を認める。

まだ綾乃たちに嬲られることを受け入れたつもりはないが、甘い痺れに翻弄されると、心が揺らいでしまうのだ。

（ああ……どんどんだめになっていく……）

前立腺責めの心地よさは、アナルや肉棒とはまったく別物で全身が痺れきり、身体の中でなにかが弾けそうな感覚さえ覚えるほどだ。

恐ろしい反面、クセになるような感じで、夜一人、寮の部屋で寝るときに思い出したりしただけで、先端からカウパーが漏れるときもあった。

（淫乱な女になっちゃう……）

最近、綾乃にただ中性的なだけでなく、淫乱でマゾの、男と女の中間の存在にすると宣言された。

そのときは泣きながら首を横に振った光だったが、もういつまで抵抗しきれるのか、自分でも自信がなかった。

「このぶんだとドライオーガズムも近そうね」

「ド、ドライ？　もうこれ以上身体を変にしないで」

聞いたことのない言葉に光は目を見開く、そして不可思議で卑猥な言葉を聞くたびに、また新たな快感を仕込まれるのかと泣きそうになるのだ。

「心配しなくてもいいのよ、というよりはもう無理と言ったほうがいいかしら」

涙目の光を見るときの綾乃は本当に楽しそうで声色《こわいろ》も明らかに違う。

「前立腺の性感の先にはね、ドライオーガズムっていうすごい快感があるの。あなたも童貞を捨てたときに美南海がイク姿を見たでしょう。あれくらい凄まじい快感を得られるわ」

腰の上に跨がった美南海が絶叫しながらイキ果てる姿を光もはっきりと覚えている。白い身体を弓なりにして腹筋をビクビクと引き攣らせて達する姿は、凄まじいの一言だった。

「射精も潮吹きもしない。なにも液体を出さないからドライオーガズム。男でも女のがイクのと同じくらいの快感を得られるの」

光の腸壁をコリコリと指でかきながら綾乃は嬉々とした様子で語った。

「そんな……ああ……死んでしまいます……」

中学時代に友人が女のエクスタシーは男の何十倍も気持ちいいと語っていた。もちろんその友だちも、実際に経験があって言っていたわけではないのだろうが、あの美南海の崩壊を見れば頷ける。

射精をせずにそんな激しい快感に翻弄される。今でも彼女たちの巧みなテクニックで精を搾り取られるたびに、オナニーより遥かに上の快感で呼吸が止まりそうなのに、本当に心臓が止まってしまうのではないかと光は思った。

「あはは、気持ちよすぎて死ぬことはないから大丈夫よ。ただしドライオーガズム……私たちは女の子みたいにイクからメスイキって言ってるけど、クセになったら一日一回はメスイキしないと眠れない身体になる可能性はあるわね」

ニコニコと楽しげに綾乃は光の腸壁越しに前立腺をこね回す。

「いやです、ああああん、そんな、ああっ、あああ」

ドライオーガズムがどんなものなのか想像はできないが、光は自分が崩壊していく恐怖にすすり泣いた。

ただその間も快感は留《とど》まるところを知らず、うつ伏せの身体を引き攣らせ、よがり泣きを続けていた。

「怖いのね、光……じゃあ今日はメスイキがどんなものなのか研修しましょう。どのくらい気持ちがいいのか、ドライオーガズムでイク男の子がどんな顔をするのかしっかりとその目で見なさい」

綾乃はゆっくりと光のアナルに入れていた指を引き抜くと、七菜子のほうを向いた。アイコンタクトですべての意思が通じるのだろう、七菜子と穂香が一礼して稽古場を出ていった。


「ああ……」

光はマットの上に裸で四つん這いのまま、七菜子たちの帰りを待っていた。

ただ犬のようなポーズをとらされているだけではなく、黒い鉄パイプの両端に革の手枷がついたもので両手脚を拘束されている。

枷の着いた鉄パイプは二本持ち込まれ、光の細い両手首が一本目の両端に、足首が二本目にと繋がれているため、四つん這いの体勢で尻を後ろに突き出したまま、脚を閉じることもできなかった。

「こうしてみると大きいおチ×チンがしっぽみたいね」

逆Vの字に開いた太腿の真ん中でだらりと垂れ下がっている光の巨根を指差して、瞳が小馬鹿にしたように言う。

他の先輩女子が声をあげて笑い、綾乃も少し微笑んだ。

「ああ……言わないで……」

羞恥に全身を赤く染めて光は顔を背ける。

だが屈辱感に心が満たされるのと同時に下半身が熱くなり、肉棒の奥が疼くのだ。

(どうなってるの、僕の身体は……)

疼いていると感じる場所は明らかに前立腺だった。

欲望に身を焦がすとき、肉棒よりも前立腺やアナルが昂るという反応は、日に日に強くなっていて、光を戸惑わせていた。

「お待たせしました」

晒し者の自分に密かに興奮している光が、たまらず四つん這いの身体をくねらせたとき、稽古場の扉が開いた。

出ていったときは七菜子と穂香の二人だったはずだが、もう一人制服姿の女の子がいっしょだった。

女子の首には二年生を表す色のリボンがあるから、光のよりも一つ年上のようだが、背が低く華奢な体型で、スカートから伸びる細身の脚がしなやかで美しい。

「う、ああ……ああ……」

七菜子に背中を押されて稽古場に入ってきたその少女が、ショートボブの頭を上げた瞬間、光は声を失い、呻き声をあげて目を見開いた。

驚きのあまりに言葉が出なかったのだ。

「ひ、光……なの……」

少女も同じように大きな目を見開き、声を震わせている。

「と、朋弥くん……どうして……」

光と彼女の距離は四、五メートルといったところだろうか、それでもはっきりとわかる。

女子の制服をきた美少女は、だいぶ顔が丸くなり女性っぽく変化しているが、光が憧れK学園に追いかけて来た先輩、朋弥だ。

「い、いやっ、見ないで光……」

別に身体が拘束されているわけではないが、朋弥はその場から立ち去ろうとも、光に駆け寄ろうともせずに、ただ顔を横に伏せた。

「と、朋弥くんも……そんな……」

態度を見ただけで、光は朋弥の身になにが起こったのかを察した。

中学時代の強気な姿が微塵もない朋弥を別人のように変えてしまったのが、裸で四つん這いの光のそばで微笑んでいる綾乃なのだ。

「朋弥くん、あああ……あああああ」

犬のポーズのまま動くことができない光は、ただ声をあげて泣くことしかできなかった。

彼に会うことが最後の希望だった光にとって、女になった朋弥の姿を見せられることがなによりもショックなのだ。

「うふふ、彼は最初すごく気が強くてね、私たちもずいぶんと手こずったけど、今は自分が女であることを自覚して幸せに暮らしているのよ。そうでしょ？ 朋美《ともみ》ちゃん」

打ちひしがれる光の姿にサディスティックな炎を燃やしているのか、綾乃は顔を紅潮させ舌なめずりをして、七菜子と穂香に挟まれる朋弥を見た。

「ほら、綾乃様が聞いているでしょ？ すぐに答える」

顔を横に伏せ、スカートの裾を両手で押さえたままなにも言わない朋弥の背中を、七菜子が苛立ったように叩いた。

「ああ……そうです。綾乃様には心から感謝しております。朋美は女の子になれて本当に幸せなの……ごめんね、光……」

少し哀しげな表情を見せてはいるものの、朋弥はしっかりとした口調で答えた。

「ああ……朋弥くん……ああ……そんなあ……」

大好きな先輩男子の堕ちた姿にもう光はただ泣くばかりだ。

そして、自分もいつかは綾乃の調教に屈し、朋弥と同じように女である自分を受け入れるようになるのではと想像すると、恐ろしくてたまらなかった。

「今日は光ちゃんに朋美がメスイキするところを見せてほしいの。お願いね」

言葉は穏やかだが綾乃は鋭い目を向けて朋弥に言った。

「そんな、光の前でだけは許してください」

ショートボブの美しい黒髪を揺らして、朋弥は首を横に振る。

以前は女に間違われるのはいやだと言って常に短髪だった朋弥の面影は、もうどこにもなかった。

「あなた、逆らう気？」

綾乃に反抗する人間がいることが一番シャクに障《さわ》る七菜子が平手打ちしようと手を振り上げる。

だがそこに瞳が割って入って、彼女を止めた。

「いいのかな？　朋美ちゃん。ちゃんと綾乃様の言うこと聞かないと、もうここも責めてもらえなくなるよ」

七菜子を制した瞳はネチネチとした口調で朋弥に囁きかけながら、彼のスカートの中に手を入れた。

「あっ、ああ……いやっ、ああ……」

瞳の手は朋弥のヒップのほうから入っているので、触られているのはおそらくアナルだ。

聞いたこともないような甘い声をあげて背中を引き攣らせた朋弥は、両脚を切なそうにくねらせている。

「いいのかな、このいやらしいお尻の穴を卒業までずっと放置されても」

「ああ、そんな……イカせてもらえなかったら、朋美は狂い死にしてしまいます」

なよなよと尻を振りながら朋弥はかすれた声で言う。

朋弥の声質は明らかに高くなっていて、快感に屈した発言と同時に、光は二重のショックを受けた。

「じゃあ、ほら服を脱いで、朋美ちゃんのやる気を見せないと、ね、そうでしょ」

優しく語りかけながら瞳は朋弥のお尻をまさぐっている。

彼女の言葉はねっとりと心に絡みつくようで、身体を責められながら囁かれたりすると、よく光は身も心も昂るような感覚に陥る。

朋弥もまさに瞳の術中にはまっている様子で、まるで催眠術にでもかかったかのように虚ろな目を綾乃に向けた。

「申し訳ございません、綾乃様……いやらしい朋美にメスイキをください」

もう朋弥は光の存在など忘れたかのように、すがるような言葉で綾乃に懇願した。

「別に怒ってないわよ、朋美ちゃん。じゃあまずは裸になってあなたの今の身体をここにいる後輩に見せてあげなさい」

笑顔で答えた綾乃は、裸でマットの上に四つん這いの光のそばにしゃがみ、顎を持って朋弥のほうを向かせた。

「わかりました」

一度だけ、哀しげな視線を光に向けたあと、朋弥は自ら首のリボンを解き、ブラウスのボタンを外していく。

「朋弥くん……えっ」

ブラウスを脱ぎスカートも落とした朋弥の身体には、薄いブルーのブラジャーとパンティがあった。

　女物の下着にまったく違和感がないほど、朋弥の身体のラインは女性的なものに変貌していたが、光が目を奪われたのは彼の胸の膨らみだ。

　ブラジャーのカップが大きめで、その中央にははっきりと谷間が浮かんでいたからだ。

「ふふ、恥ずかしがらないで全部取って光ちゃんに見せるの」

「はい……」

　ここで恥じらうようにブラジャーを取ることを躊躇《ためら》った朋弥だが、綾乃の声に背中のホックを外した。

「あ……あああ……ああ……」

　ブラジャーが脱げると、中から大きなバストが弾けるように飛び出してきた。

　丸く張りのある乳房はかなり大きく、男である朋弥の姿を知る光は違和感が凄まじい。

「うふふ、朋美はね、もっと女らしくなるために美容整形でおっぱいをつけたの。そんなに難しい手術じゃないのよ」

　技術的な話など光にはまるでわからないが、他人の身体をオモチャのように扱うことが当たり前のような彼女たちが恐ろしく、言葉も出なかった。

「もっと変わった場所もあるのよ。さあ、朋美。こっちにきて光ちゃんにあなたのお股を見せなさい」

ブラジャーと揃いのパンティを脱ぎ、乳房のついた身体を屈めながら両手で股間を隠している朋弥に向かい綾乃が大声をあげた。

「ほら、ご命令よ。早くしなさい」

七菜子に乱暴に背中を押された朋弥は、フラフラとした足取りで四つん這いの後輩の前に出てきた。

「朋弥くん……」

「ああ……光……」

二人は互いに哀しい目でただなにも言わず見つめ合う。

彼に聞きたいことは山ほどある光だが、もうなにも言葉にすることができなかった。

「さあ、おチ×チンを持ち上げて全部見せなさい」

綾乃がさらなる命令を出すと、朋弥は目を固く閉じ、両脚をガニ股に広げる。

そして手でだらりとしている肉棒の先端を摘まみ上げ、腰を前に突き出した。

「う……あ……そんなあ……あああ」

艶やかな肌の二本の太腿の奥に、少しふっくらとしたアナルが見え、その手前に肉棒がある。

ただおかしいのは、肉棒の付け根にあるべき玉袋が姿形すらないのだ。

「うふふ、タマタマを取るとね、男性ホルモンの分泌がなくなって身体が一気に女になるの、あなたも注射でだいぶ女らしくなったけど、ほら、比べものにならないでしょう？」

小刻みに震える光の肩に手を置いて囁く綾乃は、睾丸は精子を作るだけの場所ではなくて男性ホルモンの製造場所でもあると付け加えた。

「ああ……いやあ……朋弥くん、ああ……」

大きく目を見開いたままの光は、彼の胸に乳房があったとき以上のショックを受けていた。

「どう？　朋美ちゃん、光に玉なしの身体を見られて」

羞恥に震える朋弥を綾乃の言葉がさらに追いつめていく。

「ああ……すごく恥ずかしいです……でも……」

真っ赤に上気した身体を震わせながら、朋弥はまつげの長い綺麗な瞳をゆっくりと開いた。

「光にこんな情けない姿を見られてると思うと、うっ……アナルが疼いて……ああ」

唇を半開きにして朋弥は恍惚とした表情を見せる。

「あらあら、情けない先輩ねえ」

いつの間にか近くに来ていた瞳が笑い声をあげた。

綾乃や七菜子のように強いプレッシャーを与えたりするタイプではないが、彼女も間違いなくサディストだ。

「ああっ、恥ずかしい私を馬鹿だと思ってくれていいの。もっと笑って……ああ」

裸で四つん這いの後輩を見つめたまま、朋弥は自ら腰を振り、切ない喘ぎ声をあげた。

「朋弥……くん……」

悪い夢としか思えない、喧嘩が強く頼りがいがある兄貴が羞恥の快感に身悶える姿に、光はただ見とれていた。

(朋弥くんも……マゾなんだ)

己《おのれ》もまたマゾヒスティックな快感に目覚めた者として、彼が今、凄まじい悦楽の中にいることがわかる。

そして、玉のない股間の奥でひくつく肛肉が、刺激を求めてずっと脈動している理由も。

「会長、いらっしゃいました」

朋弥の変貌ぶりに見とれていた光は気がついていなかったが、誰かが稽古場の中に入ってきていた。

「い、いやっ、見ないでっ」

それは制服をきた少女たちとは真逆にいるような、いかつい顔に、身体が筋肉の鎧に覆われた男性だった。

Tシャツにジャージのその男は、光の体育の授業を受け持っている野口《のぐち》という教師で、その見た目から生徒たちには野熊と呼ばれている。

（どうして僕はこんなに恥ずかしいの……男の人なのに異性に見られている気持ちになる）

自分の前で朋弥も本物の女の子のように恥じらっている。

光もまた情けない姿を見られて恥ずかしいというよりは、男性の前で肌を晒していることに羞恥を感じている自分に気がつき、激しく狼狽していた。

「大里、そんなに恥ずかしがるな。俺はお前たちのように女になることを目指しているわけではないが、綾乃様に身も心も捧げているのだ」

いつもはべらんめえ口調で生徒たちを叱咤している怖い体育教師が、やけに紳士的になっていて、うっとりとした目で四つん這いの光の傍らにしゃがむ綾乃のほうを見つめている。

それだけでも驚きなのに、野熊は綾乃の前に膝を折って両手をついた。

「いつものキスを……綾乃様」

「いい子ね、野口」

綾乃が上履きを履いた脚を差し出すと、野熊はそれに口づけした。

筋肉だるまのような身体を丸めた彼の姿は、まさに調教されたサーカスの熊のようだ。

「よくできました。今日あなたに来てもらったのは、新入生の光ちゃんにメスイキがどんなものなのか教えてあげてほしいの」

綾乃がそう言うと、野熊は顔を上げ、怯えた表情の光を見た。

「ドライオーガズムはいいぞ、大里。クセになる」

彼はヒゲづらの顔をほころばせると、汗に濡れた光の顔を撫でてきた。

「そんな……いやっ……」

分厚い彼の手に言いようのない恐怖を感じた光は慌てて顔を逸らす。

男くさい野熊に触れられると、それだけで犯されているような気持ちになり、恐怖心に包まれる。

だが同時にずっと外気に晒されたままのアナルが疼くのだ。

（ああ……お尻……ほしがらないで）

自分の身体が野熊のような男に犯されたいと思っていると、光は考えたくもなかった。

「野口、なにをすればいいのかわかっているわよね？」

「はい、もちろん。私のドライオーガズムを見たい人はいないでしょうから、朋美ですね」

したり顔の野熊は似合わない冗談を言うと、立ち上がって、ガニ股で自分の肉棒を持ち上げたままの朋弥の隣に立った。

「そうよ。光にメスイキする朋美のエッチな顔をたっぷりと見せてあげて」

にやりと笑った綾乃はまた光の顎を持って、正面を向かせた。

「かしこまりました。おい朋美、フェラからだ」

目の前にしゃがんだままの女王に深々と頭を下げた野熊は、ジャージを脱いでトランクスだけの姿になると、朋弥の肩を叩いた。

「はい……」

少し哀しげな目で、言葉を失っている後輩を一度見てから、朋弥は毛むくじゃらと言ってもいいほど体毛が濃い野熊の足元に膝をつく。

そして、細い両手でトランクスを引き下ろしていった。

「うわっ」

太い剛毛に覆われた野熊の股間にぶら下がる肉棒を見たとき、光は思わず声をあげてしまった。

そこにはさんざん巨根だと言われた光のモノよりも大きな逸物がぶら下がっていたからだ。

「ああ……朋美、おしゃぶりさせていただきます」

うっとりとした表情を浮かべた朋弥は、張りのある乳房を揺らし、野熊の腰に両手を添えて舌を伸ばしていく。

朋弥の動きは妙に女性っぽく、プリプリとしたお尻のせいもあってか、股間についた肉棒のほうが不自然に見えた。

「あふ、んん……んく……」

朋弥は舌を使うだけでなく、唇で亀頭を包み込むようにしゃぶりはじめている。

ただでさえ大きかった野熊の肉棒はさらに巨大化し、もう顎が引き裂けそうなくらいに開かれているというのに、激しく頭まで振り立てている。

(朋弥くん……どうしておチ×チンをしゃぶらされているんだよ……)

同性の肉棒を口の中に入れたら、光なら嫌悪感にむせかえるだろう。

なのに朋弥は息苦しそうに鼻を鳴らしながらも、目をうっとりと潤ませ、ショートボブにまで伸びた髪を揺らしてリズムよくしゃぶっているのだ。

(もう全部が女の子になっちゃったの？　朋弥くん)

完全に女性化した尊敬する先輩が哀しく、光は涙を浮かべる。

だがそのとき、口の中に杭のような太いものを入れられているような錯覚が起こり、胸の奥がキュンと締めつけられた。

(うそ……僕はフェラチオなんかしたくない……)

硬く太いモノで喉を塞がれることを自分の肉体は望んでいるというのか。

淫らに裏切りつづける肉体はもう留まることをしらず、光は自分がとんでもない場所に向かっている気がした。

「さあ、もういいぞ、大里に尻を向けて四つん這いになれ」

「ああ……はい……」

命令された朋弥は巨大な肉棒を吐き出し、唇からヨダレを流しながら両手を床につく。

そして、光よりも一回りは大きく、ねっとりと脂肪がのった丸いヒップをこちらに向けて突き出した。

「朋弥くん……」

一連の動きの中で、朋弥の目は恍惚感に浸ったまま虚ろに宙を見ていて、光のことは視界に入っていないように見える。

寂しさを覚える反面、光は目の前のバストがついた男の子が、朋弥と別人であったらどれだけいいかと思うのだ。

「いくぞ。大里、よく見ておけよ。メスイキを覚えたらアナルセックスも変わるぞ」

野熊は自分と朋弥の股間がよく見えるように配慮したのか、四股を踏むように大きくガニ股を開いて腰を落とす。

そしてこん棒を思わせる巨大さの逸物を、朋弥のぷっくりと膨らんだアナルに押し当てた。

「こんなの……朋弥くん……死んじゃう」

巨大な逸物があんな小さなすぼまりに入るはずがないと、光は声を震わせた。

「うふふ、平気よ。ほら、ちゃんと目を開いて見てご覧なさい」

頰を引き攣らせる光の四つん這いの背中を撫でながら、綾乃は野太い亀頭が押し当てられた肛肉を指差した。

「あっ、あああ……先生、あああん、ああっ」

野熊が腰を突き出し、怒張が小さなアナルに食い込む。

あまりに痛々しい光景に見えるが、朋弥の口から漏れたのは甘い喘ぎ声だった。

「え……そんな」

こんなのものを入れられたら身体が裂けてしまうと思う巨根が、あっさりと口を開いたアナルに吞み込まれていく。

そしてなにより、顔が見えなくてもわかるほど、朋弥は快感に喘いでいる。

(すごい……どんどん入っていく……)

怒張が進むたびに、淫らな声を響かせ、四つん這いの身体をのけぞらせる先輩男子を光はただ呆然と見つめていた。

「ほら、もうすぐ全部入るぞ、それっ」

竿の中ほどまでを入れ終えた野熊は、残りを一気に根元まで押し込んだ。

「ひあああ、あああん、あああっ、くうっ」

強烈な一突きに朋弥は白い身体をガクガクと、生まれたての子鹿のように震わせる。

ただここでも痛がっている様子はまるで見られなかった。

「お前のアナルを犯すのは久しぶりだな。どうだ？　朋美」

プリプリとした尻肉をがっちりと摑んだ野熊は激しいピストンを始めた。

「あっ、あああん、いい、アナルも、あああん、お腹の中もすごくいい、ああん」

艶を帯びた高い喘ぎ声をあげ、朋弥はひたすらによがりまくっている。

彼の股間にぶら下がる肉竿がなければ、誰が男性だと思うだろうか。

「よし、次はお前のいやらしい顔を大好きな後輩に見せてやれ」

いつもの授業のときに見せるようなぶっきらぼうな口調で野熊は言うと、小柄な朋弥の身体を軽々と持ち上げる。

そして身体を半回転させ、朋弥がこちらを向くようにしてから、野熊は床に胡座《あぐら》をかいて座った。

「あっ、あああん、恥ずかしい、こんな、ああ、見ないで」

背面座位で繫がる体位に変わり、毛むくじゃらの男の膝の上で、朋弥が白くしなやかな両脚を開いたまま、恥じらっている。

木の幹のような巨根がアナルを押し拡げた股間が、四つん這いの光のすぐ目の前で晒されていた。

(勃ってない……)

頬をピンクに染めてよがり泣く朋弥の表情にも驚いたが、もう一つ、睾丸が摘出された彼の肉竿がまったく反応していないことに光は見とれていた。

「アナルの快感におチ×チンは関係ないの。勃起しなくてもイケる、それがメスイキだから」

光の目線から考えていることに気がついたのだろう、隣にいる綾乃が囁きかけてきた。

「でもすごく出てるでしょ?　あれがなにより感じてる証拠じゃないかしら。同じ男のだからわかるよね」

綾乃の言うとおり最近では光も、彼女たちにアナルやその奥にある直腸、そして前立腺を責められると、肉棒からヨダレのようにカウパーを垂れ流して感じてしまう。

それは自分の意志でどうにかなるものではなく、朋弥は今、とてつもない快感の中にいるということだ。

「うっ……くうう……」

だらりとしたままヨダレを流す朋弥の肉棒に見とれたとき、光はまたアナルが強く疼き、無意識に肛肉がキュッとすぼまった。

（ああ……身体が快感の先にあるものを望んでる……）

今はまだしらないドライオーガズムという、射精とも男の潮吹きとも違う絶頂を求めて身体はどんどん熱くなっているのだ。

「なにが見ないでだ。本当は可愛がっていた後輩に情けない姿を見られて燃えているのだろう。どうなんだ？　マゾの朋美」

野熊のほうは激しく下からピストンを繰り返している。

「ああああん、そうです。ああああん、泣きたいくらいにつらいのに、あんん、感じてます、朋美は恥ずかしいマゾの牝犬です」

形のいい乳房を激しく踊らせ、朋美は唇を大きく割り開いて絶叫した。

「いいぞ、変態らしく、大里の前で派手にイケ！　そりゃあああ！」

気合いも込めた野熊は自らの身体も激しく上下に揺らし、朋弥を責め立てる。

「はああああん、ああっ、もうイク、ああああん、朋美、メスイキしちゃう、あああ」

毛だらけの太い脚の上で細く白い身体をよじらせながら、朋弥は限界を叫んだ。

ぱっくりと開いたアナルに激しく怒張が出入りを繰り返し、いまだだらりとしたままの肉棒の先端からカウパーが糸を引いた。

「あああん、イク、メスイキするうう、あああっ、イ、クうううううう」

息を詰まらせるのと同時に朋弥は背中を大きく弓なりにし、開かれた両脚をガクガクと痙攣させた。

うっすらと腹筋が浮かんだ腹部が波打ち、大きな目が虚ろに宙をさまよった。

（すごい……ほんとに美南海さんがイッたときみたいに……）

射精はおろか肉棒もだらりとさせたまま、朋弥はまだ全身を痙攣させている。

その表情は恍惚としていて、まさに悦楽の極致にいるように見えた。

「よくやったわ、野口。じゃあ、ご褒美に光の口の中に射精させてあげる。本物をしゃぶるのは初めてだから処女のお口よ」

イキ果てた朋弥の身体を膝から下ろした野熊に、綾乃が微笑む。

「ありがとうございます。よし、大里、たっぷりと出してやるからな」

立ち上がった野熊は、まさしく熊のような身体を揺らして近づくと、四つん這いで鉄パイプに繋がれたままの光の前に膝をついた。

「ああっ、いやっ……」

なにかはわからないが、透明の液体にまみれてヌラヌラと光り輝く巨根が目の前に突き出される。

男のむっとするような臭いも漂ってきて、光は思わず顔を逸らした。

同性の逸物を口に含むなどできるはずがない。

「初めてだから抵抗があるかもしれないけど、すぐに馴れるわ。それともいきなりお尻のほうがいいかしら」

儚《はかな》い抵抗を見せる光に向けて不気味に囁いた綾乃は、後ろに突き出された小ぶりなヒップをちらりと見た。

「ひっ、やります。やりますから」

こんなにも太いものが自分のアナルに入るはずはない。

さっきは野太い怒張で犯されることを想像して肛肉を疼かせた光だったが、やはり目の前に逸物が来ると恐怖心のほうが勝った。

「あふ、あああ……んんん……」

もうなにもかも諦めたように目で自分を見下ろす野熊を見つめたあと、光は亀頭に舌を這わせていった。

「そうそう、自分がしてもらって気持ちがいいように先生にもしてあげるの」

綾乃の言葉に操られるように光はピンクの舌先で、亀頭の先端にある尿道口や裏筋を丁寧に舐めていく。

なんとも言えない味と臭いが口内に広がりむせかえりそうになった。

(堕ちていくんだ……僕はどこまでも……)

同性の肉棒を口に入れるという屈辱の中、光は自分がもうどうしようもない人間になったような気がしていた。

屈辱に胸の奥が締めつけられ、涙が溢れ出そうになるのだが、マゾに目覚めた身体はそれも快感に変えていく。

「ああ……あふ……んんん」

舌先で亀頭を愛撫していた光は、欲望に背中を押されるように小さな唇をこれ以上は無理といえるほどまで開き、自ら頭を突き出す。

「おおっ、大胆だな、大里。ううっ、いいぞ」

顎が引き裂かれそうになりながらも、光は唯一自由になるといってもいい頭を前に突き出し、怒張を口腔の奥に呑み込んでいく。

そして、息が止まりそうな苦痛に耐えながら音を立ててしゃぶりつづける。

「ううう、くう、んんん……んん」

張り出した亀頭のエラが喉奥にゴツゴツとあたり、胃がひっくり返りそうになるのだが光はなにかに取り憑かれたように吸い上げた。

（大きくて……逞しい……）

生まれてこのかた味わったことのない苦しみを与えてくる野熊の巨根なのに、光はいつしか心を奪われていた。

動物の角のように反り返る逸物にすべてを奪われたいという願望に、身も心も燃え上がり、しゃぶり上げにさらなる力が入るのだ。

「あはは、美味しそうにしゃぶってる」

命令された以上のことを自ら進んで行う光を指差して、瞳が声をあげて笑った。

それを聞いた綾乃と七菜子は、勝ち誇ったような微笑みを浮かべて見つめ合っている。

（もっと笑って……淫乱な私を）

喉を塞ぐ巨根に身を委ねながら、光は自分が本当に女になったような気持ちになる。

すると性器への成長が著しいアナルが激しく疼いて、括約筋がヒクヒクと脈動を開始するのだった。

（誰でもいい、淫乱な私を犯して……ボロボロにして……）

まだぐったりと白い身体を床に横たえている朋弥に自分を重ね、光は懸命に怒張を吸いつづけた。

「おおっ、激しすぎるぞ、大里。ほんとに初フェラか、くうう、もう出るぞ」

顔をしかめた野熊は確認を取るように綾乃に視線を送る。すると綾乃は笑顔のままただ頷いた。

「おおっ、もうイク、出る、くううう、イクっ」

短い叫びと共に野熊が腰を震わせる。

同時に先端から熱い精液がとんでもない勢いで飛び出してきた。

「くう……ううう……ううう……」

喉の奥にまで逸物を打ち込まれている光は、もう無理にでも飲み干していくしかない。

（うう……臭い……）

男臭のきつい野熊の精液が食道から胃にまで強制的に流し込まれていく。

だがその苦しさもまた身体中で昂りに変わり、光は四つん這いの身体をくねらせてしまうのだ。

（僕は……）

こんな汚い男の精子を飲まされながら性感を燃やしている自分がいやで、光はなにも考えるのをやめ、ただ口内で脈打つ怒張に身を任せた。

第五章　ドライオーガズムの狂態

「今日も……もう身体に力が……」

肉体改造まで受けた朋弥と顔を合わすことができたのは、あの一度きりだった。

憧れの先輩がマゾの奴隷へと変貌した姿に光は激しく落ち込み、死んでしまいたいとさえ思った。

だがそんなことはおかまいなしに、彼女たちの激しい調教は続く。

「うう……ああ……」

授業後に責めを受け、遅い時間に寮に戻った光は食事を取ろうとしたが、肛肉に疼きを感じ、食堂のイスの上でのけぞった。

今日も激しくアナルを弄《もてあそ》ばれ、何度も精液を搾り取られたあと、最後は男の潮吹きまでさせられた。

まだドライオーガズムにまでは達しないが、たまにアナルから前立腺を嬲られると、なにかが身体の中で爆発しそうな感覚を覚える。

(メスイキをしってしまったら……僕も朋弥くんのように快感に溺れてしまうのだろうか……)

野熊の巨根をしゃぶりながら、女になった錯覚まで起こした光だったが、一人になるとそんな自分を嫌悪する気持ちでいっぱいになる。

だがもしドライオーガズムという極致に達してしまったら、そういう気持ちすらなくなってしまうのではないかと思い、恐ろしくてたまらなかった。

「お風呂に入らないと……」

身体の疼きと不安に苛《さいな》まれる光は食事もそこそこに入浴に向かう。

部屋から着替えを持って向かう先は、学園の男子全員が利用する大浴場だ。

「一年の大里です。今から入浴します」

「はい、どうぞ」

学年ごとに利用する時間が区別されている大浴場だが、なにかの理由で入浴が遅れる者は当番の教師に申請すれば時間外でも可能だ。

生徒会から話が通っているのか、光はその許可すらも取らなくていいことになっていて、当直の教師に頭を下げるだけだ。

「よかった。誰もいないみたいだ……」

遅い時間に来たおかげで脱衣所にも浴場のほうにも人の気配はなかった。

女性ホルモンを投与され、尻が丸くなって胸もうっすらと膨らみはじめている光にとってあの情欲のこもった同性の視線はたまらないのだ。

「あうっ」

大勢の同級生たちに裸を舐めるように見つめられた瞬間を思い出すと、またアヌスがずきりと疼いた。

食堂のときよりもさらに昂りが激しくなっている気がした。

「早く身体を洗って、もう寝よう」

肉欲を振りきろうと、光は急ぎ気味に服を脱いで人気のない浴場に入る。

温泉旅館のような、シャワーがいくつも並んだ洗い場のイスの一つに座って身体を洗いはじめると、正面にある鏡に自分の身体が映っているのが見えた。

(また胸が大きく……それに乳首も……)

泡にまみれた自分の胸板に二つの膨らみがある。それは光の小さめの手のひらに収まる程度の大きさだが、しっかりと張りのある球形を描いている。

さらにはピンクの乳頭部も、乳輪部はぷっくりと盛り上がり、毎日のようにこね回されているせいか、乳首も大きくなって女性のものと遜色《そんしょく》ないように見えた。

「あっ、あん……」

なんとなく乳首に触れてしまうと、背中まで電流のような痺れが突き抜けて、光はつい声を漏らしてしまった。

元々高かった声もさらに甲高くなっていて、誰が聞いても女の声にしか聞こえないだろう。

「ああ……僕の身体は……」

もうほとんど女性になっているのではないかと、光はつらくてたまらない。

いっそ睾丸を取ってしまえば、踏んぎりがついていいのではないかと、光は自棄気味になるのだ。

(いけない……僕はなんて馬鹿なことを……)

自ら男を捨てるようなことをしてなにになるのだと、光は唇を噛んだ。

女性ホルモンといってもしょせんは薬なので、投与をやめたら身体は元に戻るはずだ。

いつになるのかはわからないが、解放されるその日まで自分を失わないようにしなければと光は思うのだ。

「まったく部室の修理まで俺たちにやらせるかね」

「仕方ないだろ……お前が部室で俺にタックルなんかかますから、棚が壊れたんだからよ」

身体を洗う手を止めて俯く光の耳に突然、男の大声が聞こえてきた。

「あれは技術を高めるためだろ。俺のラグビー愛ゆえよ」

脱衣所と浴場を仕切るガラス戸ががらりと開いて大柄な男が二人入ってきた。

話の内容からしてラグビー部員だろうか、全身が筋肉に覆われた引き締まった身体をしている。

「おっ、お前なにやってんだ？　小さいな一年か」

そのうちの一人が光がいることに気がついたようだ。

「は、はい、すいません」

気の弱い光は彼らの体格のよさと大きな声に驚いて、なんの理由もなく謝ってしまう。

「おい、今の時間は学年関係なしに、入浴時間に間に合わなかった奴が入れる時間だろ。脅してんじゃねえよ」

光を睨みつける男をもう一人が注意した。

「ああ、そうだったな。すまん、すまん。俺は三年の小沢《おざわ》、こいつは井戸《いど》。二人ともラグビー部だ。よろしくな」

小沢と名乗った声の大きなほうが笑顔を浮かべた。小沢は声だけでなく、顔も角張っていて威圧感があり、後ろの井戸のほうが背は高いが優しそうに見えた。

「ぼ、僕は一年の大里です。すいません。もう上がりますから」

最近、さらに身体のラインが女らしくなったボディを、二人にじっと見られているような気がして、光は慌てて身体についた泡を洗い流して立ち上がった。

「失礼します」

そして二人の横をすり抜けて脱衣所に向かおうとする。

「ちょっと待てよ。湯舟に浸かっていけよ」

彼らと目を合わせずに行こうとしたとき、いきなり手首を強く掴まれた。

「あうっ、うっ」

その力は信じられないほど強く、光は声をあげて立ち止まった。

「あれ？　君、女の子……じゃないよね？」

前にいた小沢の横を通過したときに腕を掴まれて立ち止まったので、光の身体は後ろの井戸のそばにあった。

井戸は光の身体つきを見て目を丸くするが、人並み以上に大きな逸物を見てほっと息を吐いた。

「そ、そうです、男です」

なんとか返事をした光だったが、彼らのすぐ目の前に小ぶりながらもしっかりと膨らんだ乳房があるので気が気でなかった。

「へえー、でもエッチな身体してるね。ずっとこんななの？」

乳房を見られるのはまずいと胸を両手で覆い隠しているので後ろがおろそかになっていた。女性ホルモンのせいで日々丸みを増しているヒップを、井戸は興味深そうに見つめてきた。

「そうだな。確かに顔もうちのクラスの女子の中に入っても一番か二番じゃね？」

小沢が進路を塞ぐように前に入り井戸は浴場内に入って光の背後に回り込む。

そして小沢は光の顎を持つと、じっと大きな瞳を見つめてきた。

「す、すいません。もう上がりますから通して……」

脱衣所に唯一出られるガラス戸の前で、体格のいい男二人に前を塞がれた光は涙声で哀願した。

しかし、二人はニヤニヤと光の身体を見つめるばかりだ。

「このお尻、すごくそそるよね？　大里くん」

両腕を胸の前で交差させて怯える光のヒップを井戸が後ろからぺろりと撫でた。

「きゃっ」

驚いた光はつい甲高い声をあげ、背中を引き攣らせて跳ねた。

「おおっ、きゃっ、だって可愛いねえ。それにこのケツ、すべすべでたまらねえや」

悲鳴をあげた光に遠慮するどころか、井戸はさらに調子に乗って桃尻を激しく撫で回してきた。

「お前はまったく変態だねえ、こいつ男だろ、おっ、お前、その胸なんだ」

ヒップを庇おうとして腕を下げた光の身体の前面が丸出しになり、前にいる小沢が素っ頓狂な声をあげた。

「ほんとだ、おっぱいがある」

井戸も驚いて目を見開いている。

当然だが、小ぶりに盛り上がる乳房やぷっくりとしたピンクの乳首も晒されていた。

「あっ、いやっ、見ないで」

光はもう羞恥に耐えきれなくなって、その場に背中を丸めてしゃがみ込んだ。

女性化した身体を初対面の人間に見つめられる恥ずかしさは、耐えがたいものがある。

（なのにどうして……）

だが光は胸の奥に熱い昂《たかぶ》りが湧き上がるのを感じていた。

泣いてしまうほどつらいのに、光の身体はそれに反応し、マゾの性感を燃やしはじめていた。

「なんか、興奮してきたぜ。チ×コ以外は女の裸といっしょじゃねえか」

前を塞ぐ小沢は声を弾ませると、いかつい身体を一歩前に出してきた。

「ひっ、いやっ」

顔を上げると、ちょうど目の前に彼の股間が来ていた。

逸物はすでにギンギンに勃起していて、野熊ほどではないがそれでもかなり大きな肉竿が角のように反り返っていた。

「なんだよ、小沢。人のこと変態呼ばわりしといてよ」

「はは、この子があまりに可愛いからな。でもお前もじゃねえか」

反対側を向くと井戸のほうも肉棒を勃起させており、こちらもなかなかの猛々しさだ。

「ああ、いやっ」

勃起した男のシンボルから光は慌てて目を逸らす。だが身体の中の熱はさらに大きくなっていくのだ。

サイズは違えど、自分の股間についているモノと同じのを見て欲情している己《おのれ》が、光はつらくてたまらない。

「ふふ、先輩をこんな状態にしておいて帰っちゃだめだよ」

うずくまったまま身体を固くする光の腕を井戸は強く引きよせると、自分の股間を無理やりに握らせた。

「あっ……」

硬化した肉棒をいきなり握らされて、光は慌てて身体を起こした。

そのタイミングを見計らったかのように、小沢も同じように光の手を股間に引きよせた。

「男の子だったらどうしたらいいかわかるだろ？」

興奮しすぎて思考が麻痺しているのか、なぜ光の身体が女性っぽい形をしているかなどまったく追及せず、二人はギラギラとした目つきで息を荒くするばかりだ。

「ああ……」

身体の小さな光が抵抗したところで、屈強なラグビー部員二人にかなうはずもない。

それになぜか、勃起した肉棒に自分の指が吸いついていくような感覚もある。

（終わらせよう……自分もおかしくなる前に……）

このままだと光自身も暴走してしまうかもしれない。

彼らをなるべく早く射精させることが、今できる一番のことに思えた。

「わかりました……」

二本の怒張を強く握って光はシコシコとしごきはじめた。

「おおっ、指も柔らかくていいぜ。大里くん、下の名前はなんて言うの？」

「ひ、光です」

井戸の質問に答えながら、光はさらに激しく手を動かす。

怒張はさらに硬くなり、手の中でビクビクと震えながらカウパーまで出しはじめていた。

「光ちゃんか。男でも女でもどっちでもいい名前だよな。よし、光、俺にはこっちでご奉仕だ」

同じように肉棒の擦っている光の指を小沢は引き剥がすと、さらに前に腰を突き出す。

そして、乱暴に光の髪を掴んで股間に押しつけた。

「あうっ、いやっ、くう、ううっ、う……」

光の小さな唇を割ってガチガチの亀頭が口内に侵入してきた。

反射的に光は顎を開き、怒張を奥深くまで呑み込んでいった。

「ふぐ……ううう、んんん……」

本当のところをいえば、拒絶しようと思えばできたのかもしれない。

だが初めて野熊の肉棒をフェラチオさせられたときに感じた、逞しく巨大な肉塊にすべてを奪われているような感覚を光は反射的に求めてしまったのだ。

（硬いい……大きい……いけないのに……）

胸の奥から湧き上がる淫らな欲望に背中を押されるように、光は舌を使ってしゃぶり出す。

「あうっ、うううっ、舐めるのうめえ。おおっ、気持ちいい」

亀頭にねっとりと舌のざらついた部分を擦りつけるようにして、光は怒張を愛撫する。

小沢はいかつい身体を震わせて呻き声をあげ、先端からカウパーを溢れさせた。

（苦い……でも……）

男の薄液は臭いも味も強烈で、光はむせかえりそうになるのだが、それでも舐めるのをやめない。

被支配願望とでもいおうか、誰かに自分を奪われているのがたまらなく心地よかったのだ。

「汚いぞ、小沢。お前だけ」

後ろで井戸が悔しそうに文句を言い出す。

光は彼も退屈させてはいけないと、さらに指に力を込めてしごきあげた。

「あうっ……んんん……んんん……」

二本の肉棒はビクビクとまるで別の生き物のように脈動している。

気道を塞がれる苦しさに光は悶絶しているのが、一方ではアナルがなにかを求めるようにズキズキと疼いていた。

(ああ……僕はマゾ……恥ずかしい人間なんだ)

もう調教されたこの身体は、一度燃え上がってしまったら自分の意志ではどうにもならないのだと光は悟っていた。

自虐的な思いに、さらに肉欲を燃やしながら、夢中で怒張をしゃぶりつづけた。

「ううっ、もう出るぞ、イク、くううう」

若さゆえか小沢はあっという間に、限界を叫び腰を震わせた。

「くうう、飲むんだ、光。ぐううう」

光の頭を強く押さえつけたまま、小沢は欲望を爆発させた。

「んんんっ」

喉奥の近くにまで打ち込まれた亀頭から、粘っこい液体が放たれる。

同時にカウパーとは比べものにならない苦い味とすえた臭いが口内に充満していく。

「んん……んく……んん」

ただ光は固く目を閉じて飲み干していく。臭いも味もなぜか美味に感じ、何度も続く放出に身を任せ、ひたすらに喉を鳴らしていた。

「お、俺もしゃぶってもらいたかったのに。もう保《も》たないよ、ううっ」

しごく指にもいつの間にか力が入っていたのか、井戸も限界を告げて発射する。

「ん……んん……」

白い液体が宙を舞い、まだ小沢の怒張を呑み込んだままの光の顔面に降り注いだ。

(臭いも人によって違うんだ……)

鼻にもまとわりついた井戸の精子が鼻をつく中、光は変なことに感心していた。

そこにはもう同性の出したものを嫌悪する気持ちなど微塵もなかった。

「んん……んあ……はあはあ……」

ようやく二人の射精が終了すると光は怒張を吐き出し、息を荒くしてうなだれた。

唇からは飲みきれなかった小沢の精液が溢れ、頬や髪は井戸の出した粘液が絡みついて真っ白だ。

「くうう。可愛い顔に顔射って興奮するねえ、ふふ、お尻でやっちゃおうかな」

射精を終えておとなしくなるかと思っていたが、井戸はさらに目をぎらつかせてうなだれる光の腰を抱え上げた。

「ひっ、いやっ」

彼の股間の逸物はしぼむことを知らないかのように、射精後もギンギンに勃起して天を突いてる。

慌てて逃げようとする光だったが、ラグビー部の強力にかなうはずもなく、浴場のタイルの上を引きずられた。

「貴様ら。なにをやってる」

アナルを犯されるのだけはいやだと泣き叫ぼうとしたとき、まるで野獣の咆吼のような怒鳴り声が響いた。

「げっ、野熊」

驚いて固まる二人の視線の先には、全裸でタオルを肩にかけた体育教師の野口が立っていた。

翌日、光は恐ろしい光景を目にすることになる。

学園の中庭にある大きな木の枝に小沢と井戸が後ろ手縛りで吊るされていたのだ。

「くううう……外してくれえ……」

両脚は下の草むらについているので腕が痛いわけではない彼らが呻いている理由は、股間に吊された鉄アレイだ。

一キログラムと刻印された鉄アレイと肉棒が糸で繋がれ、ユラユラと揺れていた。

「卑猥な行為ってなにやったんだろ。覗きかな」

もちろんだが中庭は誰でも入ることができる。木の周りには人だかりができていてそのほとんどが女子生徒だ。

小沢と井戸は全裸で肉棒に鉄アレイをぶら下げた姿を、女子の前で晒し者にされているのだ。

男としてこれはまさに地獄といってよかった。

（恐ろしい……）

今日も女子の制服を着た光は、人だかりから離れた場所で吊られた二人を見つめながら、身を震わせていた。

あのあと野熊によって光は救出されたのだが、小沢と井戸を罰したのは教師ではなく生徒会だ。

彼らが吊られた木の前には「校則違反でもある卑猥な行為を行ったこの二人を処罰する。生徒会」と書かれた看板が立てられている。

「定期的に出てくるよな、馬鹿な奴が」

光のそばを通りかかった先輩男子たちの会話が聞こえてきた。

彼の態度からするに、綾乃たちが人権を蹂躙するような処罰を与えるのは初めてではないようだ。

そして、上級生になるほどに、罰せられるのが当たり前だと思っている様子で、改めて光は綾乃たちの絶対権力を思い知らされ、背筋を寒くした。

「ふーん、で、そんなに一生懸命しゃぶったんだ」

放課後の稽古場で、パイプ椅子に座った綾乃に野熊が、昨日の経緯と小沢たちの事情聴取の内容を報告していた。

「はい、それほど強くは抵抗しなかったと……まあ嘘を言っているかもしれませんが」

野熊は丁寧な言葉で綾乃に語りかける。昨日、小沢たちを取り押さえた野獣のような姿とは別人のようだ。

「で、その辺はどうなの？　光ちゃん」

椅子の上の綾乃は冷たい目を下に向ける。

その視線の先には全裸で後ろ手縛りにされた光が、膨らみかけの乳房や肉棒を晒して、マットの上に正座していた。

「あ……あの……僕は……」

ラグビー部の肉棒を見たとたんに、マゾの性感が燃えて身体の力が抜け、されるがままになってしまったというのが本当のところなのだが、綾乃の目が怖くてとても言い出せなかった。

「ふーん、なるほど。あんな汚い男二人のおチ×チンしゃぶりながら悦んでたのね？」

無表情のまま綾乃はパイプ椅子を降り、光のいるマットの上に膝をついた。

「そんな、僕は悦んでなんか、あっ」

恥ずかしさから否定しようとする光の乳頭を綾乃は軽くつまんできた。

切なくなるような快感が突き抜けていき、光は正座の身体をよじらせる。

「正直に言いなさい。でないと……」

片手で乳首を摘まみながら、綾乃は空《あ》いている手でだらりとしている光の逸物の先端をつぶすように強く摘まんできた。

「あうん、ひあああああ、あああっ」

尿道口の付近を軽くつねられ、光は痛みを伴うくすぐったさに悶絶する。

もちろんマゾの光にとってはそれも心地いい快感なのだが、同時に意識まで蕩けるような感覚になって頭がぼんやりとしてくるのだ。

「チ×ポをしゃぶりながら、どう思ってたの？　言いなさい」

生粋《きっすい》のお嬢様然とした整った顔立ちには不似合いな、あまりに下品な言葉を吐きながら、綾乃は二カ所同時に激しく責めてきた。

「ああん、僕は、あああっ、おチ×チンしゃぶらされてるのに、ああん、すごく興奮してました」

意識も怪しい光は、もう嘘を言う気力もなく、昨夜の自分の状態を告白した。

「おチ×チンを勃ててたのね」

強く言った綾乃は尿道口に指を押し当てると、爪先を食い込ませてこね回してきた。

「はああん、ああっ、勃って、ああん、ません。でも、あああっ、お尻が、はあん」

尿道にむず痒い痺れが走り、光は後ろ手縛りの白い身体を激しくくねらせてよがり泣く。

もう全身が熱く痺れきり、ほとんどなにも考えることができなかった。

「お尻がどうしたの？」

「ああん、すごく疼いたんですう、あああう」

鉄のように硬い怒張に喉の奥まで支配された興奮は、今思い出しても胸が締めつけられ、そしてアナルがなにかを求めるように脈動する。

それはもう光の意思によるものではなく、身体が勝手に反応しているのだ。

「ふふ、光はもう興奮したらおチ×チンじゃなくて、お尻が疼くようになってしまったのね。いよいよ私が目指した男でも女でもない存在に近づいてきたわ」

「そ、そんな」

「そんなもこんなもないわ。普通の男ならおチ×チン、女ならオマ×コが疼くのが当たり前なのよ。じゃあお尻が疼く人は男か女かどっちかしらね」

厳しい表情を崩した綾乃は光の頭を撫でる。

以前は光も性的に興奮したら肉棒が反応した。それが今では排泄器官である場所がズキズキとむず痒くなる。

「ああ……そんなひどい……」

だがそんな身体にしたのは綾乃たちではないかと、光は力なく涙を流した。

「そんなに悲しむ必要はないわ。今の身体が幸せだと思えるように、私がしてあげるから、もう泣かないで」

綾乃は優しく光の頬を撫でると、肩を押してマットの上に押し倒した。

「光はなにも考えずに、身体の力を抜いて私に身を任せなさい」

後ろ手の身体を仰向けに横たえた光の両脚を開かせると、綾乃は指を二本、アナルに差し入れてきた。

「あっ、はううん、あああああっ」

アヌスがゆっくりと開いていき、柔らかい指が侵入してくる。

もちろん痛みなどはまったく感じず、肛肉から湧き上がる甘い快感に光は身悶えるばかりだ。

(ああ……いい……気持ちいい……)

彼女の指はゆっくりと前後していて、肛肉がめくれたりすると、たまらない痺れが腰骨まで震わせる。

胸の奥まで痺れるような悦楽は、光の心からプライドや、性別に対するこだわりさえも蕩けさせていった。

「そうよ、力を抜いて。今からあなたに最高の快感を教えてあげる」

アナルの中に入れた指を上に向けた綾乃は、腸壁越しに前立腺を押し上げた。

「あっ、いやあん、ああっ、あああああ」

もう脳まで麻痺している光は、女っぽい声をあげると、仰向けの白い身体をくねらせた。

両腕を背中に回された上体をくねらせ、しなやかな脚をだらしなく開いたままクネクネと揺らす。

「気持ちいいでしょ？」

光の反応を見ながら綾乃は前立腺をこね回したり、上下に揺すったりを繰り返す。

「あっ、あああん、はいっ、あああ、あああああん、綾乃さあん、あああ」

光は夢中で彼女の名を呼びながら、切ない喘ぎを繰り返す。

最早完全に性感帯と化している前立腺を愛撫されると、肉棒からアナルに至るまでのすべてが甘い痺れに包まれる。

その快感は身体を溶かすような甘美さで、甲高い声をあげよがり泣くばかりになった。

「もっと感じていいのよ、光。身を任せなさい」

仰向けに横たわる光のアナルに指を入れたまま、綾乃は制服を着た身体を前に突き出して囁いてくる。

「あうっ、あああっ、綾乃さん。あああん、ああああ」

身も心も興奮しきっているせいか、彼女の言葉が脳に直接響いてくる。

綾乃の声に導かれるままに、光は身体の力を抜き、悦楽に身を任せた。

「はうっ、あああん、なにこれ、あああん、あああ」

すべてを受け入れる気持ちになった瞬間、とんでもない快感が突き抜けて、光は後ろ手の上半身を弓なりにした。

前立腺から背骨を突き抜いて頭の先まで快感が駆け抜け、息をするのも苦しい。

「恐れないで、光。全部受け入れるの」

悶絶する光に落ち着いた声で語りかけながら、綾乃はグリグリと腸壁をこね回してくる。

「ああっ、はいっ、あああっ、あああん、あああっ」

乳房がふっくらとした胸を苦しそうに上下させ、光はよがり泣く。

身体は爪の先まで熱く燃え上がって溶けそうなのだが、不思議と気持ちに焦りはなく、綾乃の言葉どおりに力を抜いてすべてを受け止めた。

「あああん、なにか来る、あああん、あああっ、あああ」

射精の感覚とは違う、大きな快感の波が光を襲った。

呼吸が苦しくなり、自然に腰が持ち上がってガクガクと上下した。

「いいのよ、そのままイキなさい、光」

「あああっ、私、イッちゃうの。あああん、そんな、あああっ」

狼狽する光に語りかけながら、綾乃は腸壁を強くまさぐり前立腺を揺らしてきた。

肉棒はだらりとしたままなのに、下半身が強く締めつけられ脳が痺れていく。

未体験の感覚だが、光は明らかに自分がエクスタシーに向かっていることだけは感じていた。

「あああん、光。ああう、はああああん、もうイク、もうイッちゃううう」

無我夢中で叫んだ光は、上半身は後ろ手で、両脚は大股開きの白い身体をガクガクと痙攣させる。

まったく反応していない怒張の先端からカウパーのような薄液が、止めどなく溢れ出した。

「はああん、ああっ、イクぅぅぅぅぅぅぅぅ」

白く小柄な身体が何度も引き攣り、ほとんど肉のない腹部がビクビクと波を打った。

頭の奥がジーンと痺れるような感じで、肉棒の根元や直腸が歓喜するように脈動しているのがわかる。

「とうとうメスイキしたわね、光。どう気持ちは？」

激しく光の腸壁を責めていたせいか、綾乃も息を荒くしている。

「ああ……これがメスイキ……あああ……私……」

射精のように断続的で短い快感ではなく、絶頂の発作がずっと続いている感覚だ。

自分が演じた狂態に呆然となる光だが、心はなぜか幸福感に満たされ、うっとりとした顔で宙を見つめている。

(女の子になったんだ……私……)

そして光は自分がいよいよ男ではなくなったような気持ちになるが、不思議と哀しいとは思わなかった。

「いい子ね。これから毎日メスイキして感覚を覚えるのよ？」

こちらも満足そうな様子で綾乃は光の頬を撫でてきた。

「うふふ、ほんとに女の子みたいね。でももうこれじゃあ、男子寮に住むのは無理かな」

綾乃はマットの上で立ち上がると、少し離れたところにいる七菜子を見た。

「まだ少し早いけれど光を特別開発クラスに移します。手続きをお願い」

「はい、かしこまりました」

指示を受けた七菜子が踵《きびす》を返して稽古場をあとにする。

「ああ……開発クラス……」

まだ身体が甘い痺れに包まれているような状態の光は、ぼんやりと目を半開きにしたまま、他人事《ひとごと》のように彼女たちを見つめていた。

第六章　魔の特別開発クラス

一年生が夏休み前にというのは異例中の異例らしいが、光はクラスも寮も出て、島の中心の山中にある特別開発クラスで生活することになった。

一般生徒は出入りすらできないここは、寮も校舎も、そして食事の内容まですべてが豪華そのものだった。

「今日はどこを勉強したの？　光ちゃん」

当然ながら一年生は光だけなので、授業はすべて教師とのマンツーマンだ。

二人きりで緊張する授業が終わって、ホテルのような造りの寮に戻ると、そこからまた新たな一日が始まる。

「ああ……今日は……数学や歴史です……」

綾乃や他の生徒会の役員たちも住むこの寮は、驚いたことに学年や男女の区別すらなく、浴室も共用だ。

ただここに来て知ったのは特別開発クラスという言葉の意味が、学力や運動能力をさすものではないということだ。

「そうなの、歴史って、ＳＭのかしら」

冗談めかして言った瞳は指を激しく前後に動かした。

毎日、授業もそこそこに光は身体の開発を受けている。今日も瞳や穂香たちに風呂場に呼び出されていた。

「あぁっ、あああん、だめっ、そんなに激しく、あああん」

高級な内装が施された広い大浴場に来た光に、先輩女子たちが身体を洗ってやると群がってきた。

当然だが洗うだけですむはずはなく、光は洗い場に横たわりアナルを責められていた。

「うふふ、ほんと可愛らしい声」

急速に感度を増している前立腺の快感に悶絶する光に気をよくしたのか、瞳はさらに激しく指で直腸を突き上げる。

「あああん、私……あああん、もうおかしくなる、あああん」

ほとんど叫び声のような嬌声をあげ、仰向けで大きく開脚した身体をよじらせる光の視界に柔らかいままの肉棒が入る。

最初に前立腺を刺激されたときはフル勃起して射精までしてしまったが、今はひたすら気持ちがいいだけで肉茎はまったく反応しない。

彼女によると刺激の仕方が違うらしいが、光は自分の肉体が造りかえられてしまったのだと自覚させられる。

(それに……みんな裸なのに……)

ここが浴場だからか瞳と穂香を含めて先輩女子五人は、全裸で光を取り囲んでいる。みんなかなりの美形で、美しい張りのある乳房を揺らしているのだが、光はここでも欲情を感じることはない。

(おチ×チンを口に入れられたときはあんなに身体が熱くなったのに)

男子寮の風呂場でフェラチオさせられた際には、アナルが疼いてたまらなかった。

もう自分は心まで女になったのかと、光は哀しくてたまらなかった。

「ああん、もうっ、もうだめっ。あああん、あああっ」

ただその気持ちもエクスタシーの波がやってくると、どうでもよくなってくる。

初めてのメスイキから何度もドライオーガズムの極致に追い上げられた光は、毎日のように身体のすべてを溶かすような快感に酔いしれていた。

「ああん、もうイク、イクううううう」

そしてすべてのことを忘れ、光は絶頂に昇りつめる。

今日も勃起していない肉棒の先端からヨダレのようなカウパーを垂れ流し、白く小柄な身体を震わせるのだ。

「あうっ、あうっ、あああん、あああっ」

射精よりも長く持続するエクスタシーに光は何度も息を詰まらせる。

メスイキのたまらないところは、全身が痺れるような感覚と心を満たしきるような幸福感だ。

「あっ、ここにいた。なにやってるの？　光を探してたのに」

肛門に挿入された瞳の指を食い締めながら、涙目になった光がぐったりと脱力したとき、浴場に七菜子の声が響いた。

「今日は夜会の日だって言ってたでしょ？　光も連れていかないといけないんだから、早く準備させて」

制服を着たままの七菜子が大声で言った。

「ああ……どこへ……」

浴場で本当に先輩女子たちに身体を洗われ、裸の上から白いバスローブだけを着せられた光は、七菜子に寮から連れ出された。

寮の建物の前から、この島ではほとんど見ない車に乗せられた。

車は特別開発クラスの校舎のある山をぐるりと周り、島の反対側に向かっていた。

「こ、これは……」

反対側の海岸線に車が出ると、ホテルのような建物があり、目の前の港にクルーザー型の船がいくつも停泊していた。

入学時に受け取った島の見取り図では、反対側にはなにもないと知らされていた光は驚きに言葉を失っていた。

「行けばわかるわ」

少し緊張ぎみの七菜子の言葉と同時に、車はドーム型の建物の前についた。

学校の体育館よりも大きな建物の入口は眩いばかりの光りに照らされたロータリーになっていて警備員が立っていた。

「二階のBと書かれたドアに入りなさい。中で綾乃様がお待ちだから」

赤い絨毯《じゅうたん》が敷かれた広い階段の前にまで光を連れてきて、七菜子は他の用事があるからと言って去っていった。

(ここはいったいなんのための施設なんだろう……それに夜会って)

不安に怯えながらも逃げることなどできない光は、バスローブから伸びる白い脚で階段を一段ずつ上っていく。

二階に上がると円形の建物に沿うように緩やかなカーブを描いた廊下があった。

「ここか……」

心臓の高鳴り感じながら、光はBとプレートが貼られたドアをノックした。

「いらっしゃい、どうぞ入って」

するとドアがガチャリと開いて綾乃が現れた。彼女はいつもと同じK学園の制服を着ている。

「おお、君が大里光くんか。なるほど可愛い顔をしているね」

中は少し広めのバルコニーになっていて、革張りの高級そうなイスがいくつも並んでいる。

その中の一つに背の高いスーツ姿の中年男性が座っていた。

「うちのパパなの。桂川慶吾《けいご》よ」

顔立ちがよく似ているので、綾乃に紹介される前から気がついてはいたが、男は綾乃の父親でこのK学園の理事長、慶吾だ。

ファンドとは言ってもほとんど彼一人の会社だと、七菜子から聞いている。すなわちこの建物も学園も慶吾の持ち物だということだ。

「そんなところに立っていないで、まあワインでも飲みなさい」

五人は楽に座れそうな大きなソファの真ん中に座る慶吾は、自分の隣を指差して笑顔を見せた。

笑うとますます綾乃に似ていて、どこか冷徹さを感じさせる目の色に、光は背中がぞくりとした。

「なに言ってるの、パパ。この子は未成年でしょ、いちおう教育者なんだから」

呆れたように言いながら、綾乃は光のバスローブの背中を押し慶吾の隣に座らせた。

「はは、お前こそなにを言ってるんだよ。ここで行われていることは、飲酒どころの騒ぎじゃないだろ」

慶吾はそう言うと、視線をバルコニーの向こうに移した。

目の前に低い柵があり、その向こうには照明に照らされた円形の空間が広がっている。

「ひっ」

下に目を移した光は大きな目をさらに見開いて固まった。

ホールの真ん中には直径が五メートルほどの円形ステージがあり、そこの上になんと裸の身体にびっしりと縄掛けされた少女がいた。

「あの子は二年の子ね。うふふ、本物の女の子よ」

綾乃は光を挟んで父親の反対に座り、ステージの上の少女を指差した。

一つ上の少女は幼い顔立ちだが乳房が大きく、その上下に厳しく縄が食い込んで絞り出されている。

彼女は両腕は後ろ手に、両脚はM字開脚に厳しく緊縛され、ステージに置かれたイスの上に乗せられて股間を客席に着き出していた。

「あ……あんな太いのを……」

彼女の股間には光の逸物とさほど変わらない太いバイブが食い込んでいるのだが、その場所は本来挿入される秘裂ではなく、アナルのほうだった。

プリプリとした若鮎のような下半身の中央に、黒いバイブが食い込む様はまさに異様だ。

「あっ、あああん、あああっ、お尻、あああん、たまんない」

だが少女はずっと切ない声をあげて悶えつづけている。

表情も苦しげだがどこか恍惚としていて、なにより秘裂からは大量に愛液が溢れ出し、バイブに滴《したた》っていた。

「あの子はアナル責めが大好きなのよ。それは光と同じね、うふふ」

笑顔で綾乃は少女の股を指差すと、光の耳を軽く噛んだ。

「あっ、いやん、あああっ」

敏感な耳たぶを甘噛みされて光はバスローブの身体をくねらせた。

恐ろしさに震えていても肉体はいつも敏感に反応してしまう。

「おふざけはそのへんにしなさい。始まるぞ」

父の慶吾が言うと同時に、場内の明かりが少し暗くなり電光掲示板が表示された。

「アナル大好き少女・雪美《ゆきみ》です。もちろん前の穴も使えます。では二十万から」

女性の声のアナウンスが流れたかと思うと、電光掲示板に二十万の数字が表示され、徐々に上がりはじめた。

「これ、なにしてるかわかる?」

綾乃がまた囁いてきたが、光はなんのことかわからずに首を横に振った。

「オークションだよ。あの子と一夜を共にする権利を手にするためのね」

「えっ」

慶吾の静かな言葉に、光はまた目を剝いた。

一夜を共にというのが身体を差し出すことだというくらいは光でもわかる。ただステージの上の少女はK学園の学生なのだ。

「そんな……理事長は学園の生徒を……」

そんな非道なオークションを理事長と生徒会長が傍観しているとは、どういうことなのか、思いつく理由は一つしかない。

「そのとおり、察しがいいね。それとも綾乃に仕込まれてよくなってしまったのかな。我が学園ではとびきりの美少女を淫婦に調教して、VIPのかたたちに提供するビジネスを展開しているのだよ」

紳士らしい態度から一転、不気味な笑顔を浮かべた慶吾は光の頰を撫でてきた。

「客はみんな政財界の大物や有名人ばかりだからね。生徒や卒業生が通報したりしてももみ消される。まあしっかりと淫乱娘に調教してから出すからそのようなトラブルは一度もないがね」

島の反対側にこんな施設があるのを秘密にしている理由もそれなら納得できる。

めぼしい美少女を学園で見つけて、演劇部や特別開発クラスで調教し、ここで客を取らせるのだ。

受験する際に、一度、経営破綻状態に陥った女子校をファンドが買収したと聞いたが、このシステムを作って営利を得ることを計画していたのかもしれない。

「ほら、驚いている場合じゃないわ。あなたの大好きな先輩が出てきたわよ」

綾乃の声に、光が恐るおそる広いホールに顔を向けると、ステージの人間が入れ替わっていた。

「と、朋弥くん……」

ステージの真ん中に太い杭が立てられていて、素っ裸のままで両腕をそれに結ばれ、立ちバックでヒップ責めを請うような体勢の朋弥がいた。

ステージを取り巻く客たちの中には身を乗り出している者もいて、明らかに熱気が違っていた。

「元々、我々がここを買収したときは大勝は女の子だけだったんだけどね。綾乃のアイデアで女装の美少年やニューハーフに改造した子も入れるようになったんだ」

丸いヒップを後ろに突き出して、股間についた肉棒を揺らしながら恍惚とした顔を見せている朋弥を見つめながら慶吾が呟いた。

「これが大当たりでね。同好の者同士の口コミとでもいうのかな、会員も倍増だよ」

そう語った慶吾の視線の先にあるステージには黒革のボンテージ衣装を着た女医の

梓が現れ、股間に取り付けられた男性器を模したディルドウで朋弥の尻を犯そうとしている。

「あっ、あああん、先生。あああん、あああっ」

手首を縛られた杭に腰を折った身体を預け、朋弥は艶めかしい声をあげて悶絶した。

電光掲示板の下に大きなスクリーンがあり、そこにディルドウを呑み込んだ朋弥のアナルのアップが大写しになっていた。

「あ……ああ……」

喘ぎ声をあげる朋弥の後ろではすでにオークションが開始されていて、電光掲示板の数字が跳ね上がっていっている。

(ああ……どうしてこんな恐ろしいことができるの……怖い)

バスローブをまとった華奢な上半身を両腕で抱《かか》えるようにして、光は身震いする。

光は客前で嬲られて一夜の値段をつけられている朋弥に、自分の行く末を見て恐怖していた。

「光、あなたも私たちに協力してもらうわ。でも大丈夫。みなさん紳士だから淫乱な光ちゃんを優しく感じさせてくださるわよ」

「そ、そんな、いやっ、絶対にいやです」

懸命に光は首を横に振るが、恐怖に身体がすくんで立ち上がることもできない。

こんな法も常軌も逸脱した行為を平然と行っている親子が、光にはもう悪魔にしか見えなかった。

「誰か」

「おっ、いい値がついたな」

慶吾の視線の先には電光掲示板があり、金額は百数十万円を表示していた。

低いか高いかは光にはわからないが、このお金で朋弥は一晩身体を買われたのだ。

会場内を包む落札を祝う拍手に紛れて、慶吾がポンポンと二回手を叩いた。

「お呼びでしょうか?」

後ろのドアが突然開き、黒いスーツを着た体格のいい男が二人現れた。

「この子をオークションの控え室へ」

「はっ」

二人の男は慶吾の言葉に頷くと、バスローブを着た光の両脇を抱えて立ち上がらせようとする。

「い、いやああ、僕はオークションなんて、ああっ、いやああ」

高い声で悲鳴をあげて小柄な身体を暴れさせる光だが、彼らの力は強大で、あっさりと抱え上げられる。

「お願いです、いやあああ」

泣きわめきながらドアをくぐらされる光は懸命に綾乃に助けを求めるが、彼女はなんとも言えない、背筋が冷たくなるような笑みを浮かべて見送るだけだった。


「あっ、あああ……いやあ……」

一時間後、バスローブを剝ぎ取られた光は、円形ステージの上で先ほどの朋弥と同じポーズをとらされていた。

自分の身長とさほど変わらない太い杭に両手首を結びつけられ、小ぶりに膨らんだ乳房を晒しながら腰を九十度に折っている。

丸く形のいいヒップを後ろにこれでもかと突き出した光の、薄い色のアナルや玉袋が、背後からのカメラによって大スクリーンに投影されている。

「一年生の大里光です。女性ホルモンの投与によって見た目の女性化は著しいですが、まだ手術などは行なっておりません」

立ちバックで責めを受け入れる体勢の光の後ろには、黒のボンテージ衣装をきた梓と七菜子が立っている。

長身でグラマラスな彼女たちは、ボンテージや同じく黒革のハイヒールブーツがよく似合っていた。

「アナルのほうは開発済みです。もうメスイキも覚えました」

梓はそう言うと、光のアナルを指で軽く押した。

「ひあっ、あああん、ああっ」

指が触れただけで、光は真っ白な背中をのけぞらせて、小さな唇をこれでもかと割り開いた。

喘ぎ声は艶めかしいが光の頬は涙に濡れている。少年が泣きながら喘ぐ姿を見ても客席にいる人間たちは驚くどころかニヤニヤと笑みを浮かべている。

その様子が光にここが異常者の集まりであり、自分に同情する人間などいないことを自覚させるのだ。

「アナルそのものも、そして前立腺も素晴らしい感度です」

七菜子も落ち着いた口調で話しながら、光の尻を撫でる。

彼女たちの頬にはヘッドセットのマイクが装着されていて、声がスピーカーを通して響き渡った。

(ああ……ひどすぎる……)

光は綾乃のいるバルコニー席を涙目で見上げる。二階の高さには十カ所以上バルコニーがあり、そのすべてに人の姿が見えた。

(綾乃さんは僕を売り物にするためにこの学園に呼んだんだ)

自分の物にしたいから光を調教したのではなく、最初から性の商品にすることが目的だったのだ。

まさか彼女が自分に恋愛感情を持っているとは思ってはいない光だが、物としてしか見られていなかったのはさすがにショックだった。

「お気づきでしょうがおチ×チンのほうもかなりのモノを持っております。しごくのもしゃぶるのもお客様の自由です」

打ちひしがれる光の後ろでは七菜子が淡々と説明している。

その言葉に光はさらに自分が人間ではなく物品となったこと思い知るのだ。

「うっ、あううっ、あああ、いや……」

もう堕ちるところまで堕ちたのだと思うと、涙が溢れるのと同時にアナルに強い疼きが走る。

腸の中をくすぐられているような甘い感覚に光は、なにもされていない肛肉をひくつかせ、呻き声をあげてのけぞるのだ。

「今のごらんになりましたか？　みなさん。この子はマゾ性もかなり強いのです。みな様に見られて感じているのですわ」

身体に触れられてもいないのに快感の声をあげた光を見て、梓が楽しげにアナウンスする。

するとと会場が、「おおっ」という歓声に包まれた。

「そんな……ああ……」

否定したい光だが、理由は違えどマゾ性を燃やしているのは事実なので、なにも口に出すことができない。

（どうしようもない、マゾの牝犬……）

自分をさらに貶《おとし》めた光は、身体の中で熱く燃える感情に翻弄され、また大きく腰をくねらせて喘ぐのだ。

「では感度を見ていただきましょう」

スピーカーから七菜子の声が聞こえて後ろを見ると、彼女の手には男根を模した黒いバイブが握られていた。

「いやああ、あっ、あああっ、はああん、あああっ」

涙に濡れた顔を何度も横に振って光は悲鳴をあげるが、バイブの先端が肛肉に押しつけられると、声は一瞬にして艶めかしいものに変わる。

　後ろに突き出された白いヒップがクネクネと揺れ、杭と手首を繋いだロープがギシギシと音をたてた。

「ああん、あああっ、あっ、お尻が、あああああん」

　バイブはかなり太い物だが、七菜子はおかまいなしに突き出してくる。

　完全に性器と化しているアナルは柔軟に開き、バイブの亀頭部をあっさりと呑み込んでいった。

「おおっ、小さなお尻なのにアナルはすごいな。まさにケツマ×コだ」

　ステージ前の席に座る客が、スクリーンに映し出された、拡がった肛肉のアップを見て声をあげた。

「ああ……ケツマ×コだなんて……そんな……あああっ」

　下品なヤジもまた心の奥に響き、アヌスが昂っていく。

　いくら哀しくても肉体はもう自分の意志ではどうにもならなかった。

「さあ、スイッチオン」

　梓の煽るような声と共に、七菜子がバイブのスイッチを押し、みんなが息を呑むホールにモーター音が響き渡った。

「ひうっ、あああん、ああああっ」

バイブは振動タイプではなく、うねる機能を持つもののようで、全体が光の中で蛇のように暴れだした。

硬いプラスティックが腸壁を強く抉り、中を掻き回してくる。

「あああん、ああっ、だめえ、あああん、ああああっ」

その快感は凄まじく、身体が昂っていたせいもあってか、腸が一瞬で蕩けていく。

しかも七菜子が角度をつけて先端を肉棒側に食い込ませているので、前立腺が強く刺激されていた。

「あああっ、そこはだめです、あああん、メスイキしちゃう」

前立腺の快感はすぐに身体の芯を焦がし、光は一気に禁断の絶頂に向かっていった。

「みなさん、お聞きになりました光ちゃんはもうすぐドライオーガズムに達するみたいです」

梓の声がスピーカーから響き、客たちが身を乗り出している。

「あああっ、お願い、あああん、見ないで、あああん、ああああっ」

こんなに大勢の前で、女の子のようにイキ果てる姿を見られたくないと光は歯を食いしばる。

しかし、覚え込まされた悦楽はもう自分の意思ではコントロールできなかった。

「さあイクのよ、光」

とどめとばかりに七菜子はバイブを前後に揺すってきた。

「はああああん、それだめ。あああん、もうイク、あああん、あああ」

勃起していない肉棒からカウパー液を垂れ流し、光は一気に頂点に向かう。

「あああん、光、メスイキしちゃう。ああん、ああっ、イクうううう」

すべてを快感に委ねて光は杭に繋がれた上半身をのけぞらせる。

ふっくらと膨らんだ小ぶりな乳房が揺れ、身体を支えている両脚がガクガクと砕けて崩れ落ちそうになった。

「ああ……ああ……ああ……」

すぐには収まらないメスイキの快感に翻弄されながら、光はがっくりと頭を落とした。

下を向いている肉棒から白い色の薄液が溢れ、糸を引いてステージに滴っていた。

「うふふ、このとおり敏感なケツマ×コを持ち、そして天性のマゾヒストでもある光ちゃんですが……」

腰を九十度に折ったまままうなだれている光の耳に、また梓のアナウンスが聞こえてきた。

「そんな天性だなんて……」

彼女が自分を蔑《さげす》む言葉が胸に刺さるが、また身体の奥が疼きだし、とても否定する気持ちになれなかった。

「お尻におチ×チンを受け入れたことはありません。つまりは処女なのです。それをただいまからオークションにかけたいと思います」

梓の口から出た言葉に光は目を剝いた。

確かに何度か男の肉棒をしゃぶらされたが、一度もアナルに受け入れたことはない。望まない初体験を強要されるだけでなく、商品として売り出されるのだ。

「いっ、いやっ、お尻に入れられるのはいやっ」

恐怖のあまり顔を真っ青にして光は杭に繫がれた身体をよじらせる。

「うるさい。もう覚悟を決めなさい」

そんな光の突き出されたヒップを摑むと、七菜子は未だアナルを押し拡げたままのバイブを強く押し込んできた。

「ひあっ、あああん、あああっ、だめっ、あああっ」

「こんなにスケベなケツマ×コなんだから、チ×チンを入れるのは当たり前でしょ」

「ああん、そんなあ、あああん、あああっ、ああああ」

バイブが腸肉を抉り、光はまた快感に絶叫する。

誰ともしらない男の肉棒を体内に入れるのはいやでたまらないが、一方で、自分の身体をどこまでも汚したいという願望もある。

その複雑な思いにまた被虐の昂りを覚え、光は抵抗する気力もなくしていくのだ。

「ただし、みなさん、これだけの美少女のロストバージンです。みな様全員に見ていただきたい。参加者は今この場で彼に挿入できる人に限らせていただきます」

「こんなにたくさんの人の前で……私は……」

犯されるのだと思うと光はさらに哀しくなるのだが、なぜか梓が発した美少女という言葉に反応してしまう。

自分はもう女の子なのだと思い、マゾの牝なのだと自覚すると、ここで男を受け入れることが当然のように思えてくるのだ。

(ああ……私は……いやらしい女……)

電光掲示板の金額が凄まじい勢いで跳ね上がっていく中、光はこれが己の運命なのだ、男に生まれてきたのが間違いなのだと考えるようになっていた。

「落札者が決まりました。なんと三百二十万円です。笹野《ささの》さん、どうぞステージに」

被虐的な感情に身を沈めていた光は梓の声にはっとなって声をあげた。

湧き上がる拍手の中、客席からタキシードの男性が立ち上がり、ステージに上がってきた。

「おめでとうございます」

「どうもありがとうございます」

梓のインタビューに答えている笹野は意外に若く、髪も黒々としている。

体型もスリムで爽やかな感じがして、こんな淫らな場所には不似合いな男に思えた。

「ではフェラチオから開始しますか」

「いや、こんな美しい子の初体験の相手ができると思うと息子はギンギンなんですよ。だからすぐ入れたいね」

いくつかのやりとりのあと、笹野はタキシードのジャケットを脱ぎ捨て、さらにはベルトを外す。

あっという間に全裸になっていく笹野の動きに躊躇はなく、まともなように見えても、彼もまた人前でセックスをするのもいとわない欲望に溺れた人間なのだ。

「ひっ」

最後の一枚を脱ぎ捨てた笹野の股間に反り返る怒張を見たとき、光は声を失う。

笹野の逸物は大きさこそ光や野熊には及ばないが、亀頭のエラが横に張り出し、傘の開いたキノコを思わせた。

「いっ、いやっ、お願いこないで」

早速挿入体勢に入ろうとする笹野を見て、光は両腕を杭に縛られた身体を懸命によじらせる。

しかし彼は突き出された白いヒップを強い力で握りしめると、バイブを引き抜き肉棒をひくつくアナルに押し当てた。

「ふふ、心配しなくてもゆっくりと入れてあげるからね。さあ一生に一度のロストバージンだ」

先端をあてがったまま笹野はすぐには挿入しようとせず、小刻みに怒張を動かして肛肉に馴染ませてくる。

「あっ、あああ……お願い、あああ……怖い……」

腰を折った白い身体を恐怖に震わせる光だが、アナルのほうは逆の反応を見せ、侵入を望むかのように開門していく。

「ふふ、いい感じにほぐれてきたぞ。好き者だな、待っていなさい。たっぷりと腸の中をかき回してあげるから」

アナルの開きを肉棒越しに感じ取ったのか、笹野は楽しげに笑い、満を持して怒張を押し出してきた。

「あうっ、あああっ、痛い、ああっ、あああぁ」

今までもっとも肛肉が大きく開かれ光は、身体を二つに引き裂かれているような激痛に悶絶する。

だがそれは一瞬で、亀頭の傘の部分が直腸内に収まると痛みはすぐに引いていった。

「あっ、あああん、だめっ、あああっ、あああっ」

かわりに巨大な亀頭が腸壁を抉りながら食い込んでくると、とんでもない快感が突き抜けていく。

直腸を拡張されている感触がたまらなく心地よく、光はヒップを突き出した身体をくねらせて喘いだ。

「ふふ、もう感じてきたのかい。でも本番はこれからだよ、僕のチ×ポは引いたときの引っかかりが気持ちいいらしいからね、男も女も」

笹野もまたバイセクシャルなのか光の背中を見つめる目が、ギラギラと輝いている。

「ああっ、いやっ、そんなの怖い、ああ……もう許して」

あの張り出したエラが腸肉を抉ると想像すると、光は恐ろしくて涙が出てくる。

ただその恐怖の対象は、腸内をかき回されることに対してではなく、自分の身体を駆け巡るであろう凄まじい快感にだった。

「君なら大丈夫だよ。すぐにメスイキしてしまうさ」

肉棒を根元まで光のアナルの中に押し込んだ笹野は、ゆっくりと腰を後ろに引いた。

「ひあっ、あああん、あああっ、だめえ、あああん、あああ」

もう完全に性器と化している腸壁を硬いエラが抉っていく。

同時に全身が痺れるような快感が突き抜けていき、光は大きな瞳を見開いたまま、視線を彷徨《さまよ》わせて悶絶した。

「どうだい、私のチ×ポは素晴らしいだろう」

鋭敏な反応を見せる光に気をよくしたのか、笹野は激しいピストンを始める。

「あっ、あああん、死んじゃう、ああん、あああっ、あああ」

お腹の中のものをかき出されているような感覚に光はひたすらよがり泣く。

ただそれはあまり甘美な痺れで、すでに意識も途切れとぎれだ。

「あっ、あああん、ああっ、だめっ、はあああん」

目の前に杭に縛りつけられた両腕に体重を預け、光は腰を曲げた小柄な身体をずっとよじらせている。

笹野に鷲掴みにされたヒップはピンクに染まって汗が浮かび、下向きの上体の下で少しだけ大きさを増したように見える乳房の先端が痛々しいほど尖りきっていた。

「どう光、お客様にちゃんと伝えなさい」

光の頭のほうに回り込んできた七菜子が語りかける。

「ああん、光、ああん、気持ちいい、お腹の中が、あああん、溶けてるぅ」

もう完全に悩乱している光はなんの躊躇もなしに叫び狂う。

腸は完全に痺れきり、ピストンのたびに開閉を繰り返すアナルからも絶え間なく快感が湧き上がっていた。

「そうか、ならばもっと気持ちよくしてやろう。ここだろう君が一番感じる場所は」

こちらも息を切らせて叫んだ笹野は光の前立腺のそばの腸壁に、亀頭を強く擦りつけてきた。

「ひあああああ、そこだめっ、あああああん、ああっ、ああっ」

前立腺が押しつぶされるような感覚と同時に、光は大きく唇を割り開いて絶叫した。

「ああん、そこされたらメスイキしちゃう、あああん、ああ」

夢中で叫びながら光は立ちバックで繋がる後ろの笹野に訴える。

「イキなさい、メスイキするんだ、光。僕も出すぞ、おおおっ」

それでもちろん笹野の攻撃がやむはずもなく、さらに激しく怒張を腸壁に突き立ててきた。

「ああん、あああっ、もうだめっ、ああっ、光、メスイキ、します、あああっ」

もう全身が電流のような快感に翻弄され、だらりと下を向いた肉棒の先端から、カウパー液がピュッピュッと勢いよく飛び散る。

尿道を液体が飛び出ていく感覚が心地よく、光は自分のすべてを悦楽に静めていった。

「ああっ、イク、イクうううううう」

最後の叫びと同時に白い身体が反り返り、丸味を帯びたヒップが波を打つ。

前立腺から強いエクスタシーの波が突き抜け、光は一匹のけだものとなって悶え狂った。

「おおっ、僕も出るぞ、くうう、ううっ」

肛肉の中で怒張がさらに膨張し、熱い精液が飛び出してくる。

「あ、ああん、精子、ああっ、あああっ」

断続的に直腸内に粘液が放たれ、腹の奥のほうまで注ぎ込まれているような感覚に光は細身の腰をくねらせる。

（ああん、精液……気持ちいい……）

腸の粘膜に熱い液体が浸透していくのを感じながら、光はまた新たな快感を覚えていた。

（私は淫らな女の子……）

自分に言い聞かせるように繰り返しながら、光は悦楽に酔いしれていた。

「はあ……はあ……」

満足した笹野が肉棒を引き抜いて離れると、光はようやく手の縛《いまし》めからも解放され、杭の後ろで横座りに崩れ落ちていた。

柔らかそうなヒップの谷間では、薄い色のアナルが少し口を開いていて、白い精液が溢れ糸を引いていた。

肉棒からもカウパーが流れ出しているので、前からも後ろからも、の状態だ。

「うふふ、とってもエッチな顔よ、光ちゃん」

近寄ってきたボンテージ姿の梓が、光の顎を持って顔をカメラの方角に向けさせる。

光の大きな瞳はすでに蕩けて妖しく潤み、汗ばんだ頬は紅潮し唇も半開きで、少年とは思えない、まさに女の色香を感じさせていた。

「さあもうひと仕事よ、立って」

梓は全身が強烈な脱力感に襲われている光の両腕を引っ張って立ち上がらせようとする。

「ああ……もう無理です……」

なにかをする体力も気力も残されていないと、光は涙目で訴える。

「心配いらないわ。立ってるだけでいいの、ほらもたれてていいから」

今度は杭の前側に行かされ、観客席を向いて光は直立させられた。

目の前には数えきれないほどの人がいて、膨らみかけの乳房やだらりとしたままカウパーを流す肉棒を見られているが、もう恥ずかしがる気力もない。

「では、みなさんにこの大里光のこれからについてアンケートをお願いします」

杭にもたれた裸の光を左右から挟むように梓と七菜子が立つ。

そして七菜子のアナウンスがスピーカーから流れると客たちがいっせいにリモコンを手にした。

（これから？）

もちろん光にはアナウンスの意味などわからないが、客たちはみな理解しているようだ。

「ではお願いします」

梓の声と共に電光掲示板にアルファベットと数字が表示されていく。

いくつかの表示がランダムに流れたあと、Fというアルファベットと、Cという数字が現れた。

「決定しました。バストのサイズはFカップ、そして、股間はパターンC、竿有り玉無しに決定しました」

声を大きく弾ませて梓が言うと、場内が拍手に包まれた。

「えっ、えっ」

なにがなんだかわからずに光は隣の七菜子と梓を交互に見る。

「あなたの身体をどういうふうにするかをお客様の投票で決めたのよ。おめでとう、おっぱいはFカップ、私と同じサイズね」

満面の笑みで言った梓はボンテージ衣装から半分以上柔肉がはみ出した胸を棒立ちの光に向かって突き出した。

「パターンAは全部取って完全女性化、パターンBはそのまま、あんたはCに決まったから竿を残して睾丸だけ摘出ね」

反対側の七菜子は表情一つ変えずに淡々と答えた。

「そ、そんな、い、いやです」

あまりの恐怖に身体中の血が逆流するような感覚と覚えた光は、かすれる声でそう訴えるのが精一杯だった。

「大丈夫よ。痛くないから。じゃあ、ゆっくりお眠りなさい」

梓はにやりと笑うとハンカチを光の口に押し当てた。

「いやっ、いやっ、うう……う……」

必死で抵抗する光だったが、両側から押さえつけられているうちに、意識が闇に吸い込まれていった。

第七章　巨乳化メス奴隷の果て

次に目を覚ましたとき、光の身体の改造は終わっていた。

胸に華奢な身体にはあまりに不似合いな巨大な乳房が二つあり、少し動いただけでユサユサと揺れる。

股間にあったはずの玉袋もすでになく、肉棒だけになっていた。

「ああ……もう男じゃなくなったんだ……」

玉袋がない違和感はあるが、別段生活に不自由があるわけではない。ただあるべきものがなくなった虚無感に光は病院のベッドの上でむせび泣いた。

(もうおチ×チン以外は完全に女の子だ……)

そしてさらに光の心を追いつめたのは、睾丸からの男性ホルモンがなくなったことによる体型のさらなる変化だ。

腰のラインなど、まったく固さのない美しいラインを描き、巨大な乳房の頂点にある乳頭部はピンクの乳輪がぷっくりと膨らみ、乳首も粒が大きくなっている。

検診に来た梓曰《いわ》く、ここまで女性化する乳首は珍しいそうだ。

「もう死にたい……」

もちろんヒップもさらに女性化していて、尻肉は大きさを増し、プリプリとしていてなんとも艶めかしい。

そんな自分の身体を見るにつけ、光はこのまま死んでしまいたいとさえ思うのだ。

「あっ、あああっ、あああん、奥に、くううっ、あああん」

そんな光を綾乃たちは退院と同時に激しく責め立てた。

開発され尽くしたアナルが性器であることに変わりはなく、わずかな刺激にも見事に反応して光は喘ぎまくるのだ。

いや、睾丸摘出前以上に肛肉の感度も上がり、エクスタシーの強さもさらに増している。

「あああん、瞳さん、あああん、あああっ」

今日も特別開発クラスの寮の一室で光は生徒会の面々による調教を受けていた。

テーブルの上に乗り、天板に固定されたディルドウに自ら跨がって激しく腰を振りたてていた。

エラの張り出した亀頭部が腸壁に食い込むと、たまらない痺れが女体化著しい身体を駆け抜け、身も世もなく喘いでしまうのだ。

「すごくエッチよ、でもそんなにおっぱい揺らしたら、ちぎれちゃうかもよ」

テーブルのそばに立つ瞳が、激しく上下に弾むFカップのバストを指差して笑いだす。

「ああん、だって、あああっ、止まらないんですう」

両脚を大きく開いた光は、ディルドウが食い込んだ股間を自ら突き出し、激しく腰を揺すっている。

直腸を抉られるたびに突き抜ける背骨を砕くような快感に脳まで痺れ、無理やり膨らまされた巨乳が揺れる感覚すらも心地よく感じる。

「いいわよ、光。もっと感じなさい。すごくいやらしい顔だわ。エッチで感じやすいおチ×チンがついた女の子……うふふ、最高よ」

瞳の隣には綾乃もいて、弾ける乳房を鷲摑みにして乳頭を強く捻ってきた。

「ひあああ、あああん、それだめです、ああん、私、ああん、そこ弱いの」

乳首からの電流に光はガニ股でしゃがむ身体をガクガクと痙攣させて、絶叫に近い嬌声をあげる。

「私は、あああん、女の子、あああん、ああっ」

自殺すら考えた光の心を救ったのも、女として扱われながらマゾの炎を燃やす淫らな欲望だった。

綾乃たちの手で、睾丸を取られた身体をメスイキや射精に追い上げられるたびに、今の自分を嫌悪する気持ちが消えていく。

（ああ……私は女……男の身体に生まれた女の子なのね……）

光はもう精神すら女性化し、いつしか自分が男であったことすら間違いであったような、そんな気がしていた。

「そうよ、とっても可愛いわ。あなたは女以上に素晴らしい存在よ。だってこんなにいいおチ×チンがついているんだもの」

牝の快感に酔いしれる光を見て綾乃は満足そうに笑うと、だらりとしたままヨダレを流す肉棒を握ってきた。

そして細く長い指を絡めるようにしながら、激しくしごき上げてきた。

「あああん、綾乃様。あああん、それはだめです、あああん、私、すぐに出ちゃう」

肉棒がすぐに反応しあっという間に硬化していく。

睾丸を摘出したら射精をしなくなるのかと思ったが、女医の梓の説明によると、精液は睾丸だけでなく、前立腺と精嚢という器官で作られた三つの液体が混ざり合ってできるものらしい。

だから睾丸がなくなっても前立腺液と精嚢液を射精するらしいが、精子はなく薄い液体になる。

「ああん、ああっ、そんなに激しく、あああん、だめえ」

精子が作られないと言うことはもう自分の子供を望むことはできない。

だがもう光はそれすらどうでもいいと思っていた。

(だって、私は牝犬なんだもの……気持ちよければなんでもいいの)

玉を取ったから自分は本物のマゾ牝になれたのだと光は思い、ただ悦楽に溺れていく。

「すごく硬いわ。気持ちいいのね、光」

しごかれるたびにカウパーをまき散らす怒張は、睾丸を取ったあと一回り小さくなったように思うが、それでも巨大だ。

綾乃は指も回らない巨根をしごきながら、空いている手で亀頭をこねてきた。

「綾乃様、ああん、イッちゃいます、ああん」

竿をしごかれながら裏筋やエラを指先で刺激され、光は一気にエクスタシーに向かう。

ディルドウが食い込んだアナルからの痺れと肉棒の快感が混じり合い、もう頭の芯まで蕩けていった。

「いいわよ、イキなさい。恥ずかしい精液をまき散らしなさい」

「あああん、出ます。あああん、みなさんの前で恥ずかしい射精をします、ああ」

綾乃の声につられるように光は絶叫すると、大きく前に腰を突き出す。肉棒の根元がビクビクと痙攣を起こし、尿道を熱いものが駆け昇った。

「はあああん、イクうううう」

今日一番の声と共に光の尿道口がぱっくりと口を開き、白い液体が飛び出していく。

精液に以前のような粘り気はないが、そのぶん勢いを増し、テーブルの向こうの床に降り注いだ。

「あはは、すごい噴水」

ガニ股の身体を痙攣させ、玉無しの逸物から白い液体をまき散らす光に、蔑《さげす》みの言葉が浴びせれる。

（ああ……もっと笑って……）

もう後ろに両手をついて股間を前に突き出したまま、光はその幼げな顔に笑みまで浮かべ、恍惚とマゾの快感に酔いしれるのだった。

特別開発クラスに光が移動してから数カ月がたち、季節はもう夏になっていた。

K学園では夏休み前、島にあるビーチを利用して遊泳会が行われる。特になにか競技があるわけではなく、ただの海水浴なのだが、どんな水着を着てもかまわないとされていた。

開催も学年ごとで先輩に気を遣う必要もないため、女子たちは競って可愛らしいデザインの物を取り寄せ、運動部系の男子は筋肉自慢をするかのようにブーメランパンツを穿いている。

ただ今年は例年とは違う空気がよく晴れた夏の浜辺を包んでいた。

「うそ……光だよね……」

赤の水着を着た一年女子の呆然とした視線の先には、突然、特別開発クラスに移動して姿を見せなくなった光がいた。

「そうだよ……久しぶりみんな……」

照れたように白く細身の身体をよじらせる光は、青地に花の模様がプリントされたビキニを身につけいる。

布が少なめで腰のところ紐になった過激なデザインの水着で、胸はFカップの柔肉がはみ出してしっかりと谷間を作り、三角の布が食い込むヒップは半分以上が露出している。

そして、ここも切れ込みが鋭い股間には肉棒の形がはっきりと浮かんでいた。

「お、女の子になっちゃったの？」

かつての級友たちが全員、口をぽかんと開いている。

混乱するのも当たり前だが、光はもう自分の身体を隠すつもりはない。

「女になる演技の練習をしているうちに本気で女の子になりたくなったの。生徒会長の桂川さんに相談したらいろいろと協力してくれたんだ」

顔を赤くしながら光はボソボソと自分の前で固まる女子たちに、七菜子が考えた嘘の理由を話す。

真実かどうか疑っている者もいただろうが、綾乃の名前を聞いたとたん、全員の表情が変わった。

変貌した光の裏に生徒会がいることを察したのだ。そしてその理由を追及してはならないということも。

「変だよね、私……」

顔を赤くして光は肉棒の形が浮かんだ股間を少し引きぎみにする。

もちろん今日ここに来ているのは彩乃の命令なのだが、自分を見つめる熱い視線に性感を燃やす光は露出の悦楽に酔いしれていた。

「そんなことないよ、とっても可愛いわ」

クラスで一番元気な女子が笑顔で言うと、他の女の子たちもきゃっきゃっと騒ぎだす。

「前より可愛くなってるじゃん」

「ほんとだ。お尻もプリプリ」

別に生徒会を恐れているからという様子ではなく、純粋に美しいものとして女子たちは光を受け入れているようだ。

「ちょっと、おっぱい触ったらだめだよう、あああん」

彼女たちはのビキニのブラが今にもはち切れそうな光の乳房を指で押してきた。

悩ましい声をあげて光は身体をくねらせて逃げようとしているが、女子たちの態度が嬉しかった。

(この子たちのことを同性の友だちとして私も見ているんだ……でも当たり前よね、

女の子だもん……）

級友の女子たちを、自分も異性として見ていないことに気がつく。

こんな些細な出来事にも、光は自分が身体だけでなく心も女性化したのだと自覚させられるのだ。

「ほら、見て、光。男子たちが照れてる」

一人の女子の言葉に光が顔を上げると、数少ない男子のクラスメートたちが遠巻きにこちらを見ていた。

（みんな……ごめんね……でも今の姿がほんとうの私なの……）

人数が少ないぶん、短い期間ながらもお互いに信頼関係はあったと思う。

そんな彼らに向けて心で謝りながらも、光は誘惑するようなはにかんだ笑みを向けた。

するとクラスの中で一番背が高かった野球部の男子が前に出てきた。

「髪の毛伸びたな大里……」

身長だけでなく、筋肉がよくついた坊主頭の彼は、光の目の前にまで来て仁王立ちした。

「う、うん、ずっと切ってないから……変かな」

綾乃に伸ばせと命じられているため、前髪を七菜子に揃えてもらっている程度の光の黒髪はもうセミロングくらいの長さがあった。

「いや、すごく似合っているよ」

女になったことをどうのと言わず、彼はにっこりと笑った。

他の男子たちも微笑んでいて、光は皆が自分を変わらずに受け止めてくれていることが嬉しかった。

「せっかく久しぶりに会ったんだ。みんなで泳ごうぜ」

彼は光の手を握ると他の男子たちがいる波打ち際に引っ張っていく。

「きゃっ、もう、強引なんだから」

睾丸を取ってからさらに高くなった声で文句を言いながらも、光は笑顔でついていく。

(すごく大きくて逞しい手……)

そして男らしい手のひらの感触に胸の奥を昂らせるのだった。

「楽しそうにしてますね……」

ちょうどビーチを見下ろすかたちになる山の中腹で、副会長の七菜子は綾乃と共に双眼鏡を手に光の様子を覗いていた。

「虐められたりしたらどうしようかと思ってたけど……ほっとしたわ」

綾乃は静かに言って双眼鏡を下ろした。

光を夜会の娼婦として仕込みながらも、綾乃は本気で彼、いや彼女の幸せを願っているようにも見える。

入学以来の付き合いになるが、いまだに七菜子は綾乃の本音に触れたことはないような気がする。

「そんなに心配ならビーチに行かれたらよかったですのに」

尊敬する綾乃の心配顔に軽い嫉妬を覚えた七菜子は、わずかな嫌みを込めて言ってみた。

「私が行ったらみんなが緊張するでしょ。それじゃあ意味がないわ」

確かに綾乃が降りていったら、一年生たちは遊ぶどころではないだろうし、光も完全に腫れ物のように扱われるだけだろう。

ただそれでは綾乃はあまりに孤独だと、彼女の少し哀しげな笑みを見て七菜子は思うのだ。

（私がついていますよ、綾乃様……）

自分が光たちのように綾乃に愛されることはないだろうが、彼女をずっと支えていくのだと七菜子は誓うのだ。

「さあ、七菜子。今日は夜会の日、光もステージに上げるわよ」

しばらく海のほうを静かに見つめたあと、綾乃は七菜子に顔を向ける。

その笑顔は先ほどまでと違い、淫靡な輝きに満ちていた。

「はい」

七菜子は大きく頷いて、綾乃の後ろについて歩き出した。

「あっ、ああああん、ひあっ、きつい、ああああん、あああっ」

夜会のホールに連れていかれた光は、一糸まとわぬ裸体で円形ステージに四つん這いになり、革の衣装を着た七菜子によって犯されていた。

七菜子が身につけているのは赤い革のコルセットとパンティで股間から反り返る巨大なディルドウが光のアナルを貫いている。

彼女の乳房は完全に露出していて、光のFカップと共に合計四つの巨乳が弾むのはなかなかに壮観だ。

「ああああん、強すぎます。あああん、あああっ」

光のほうはそんなことを気にする余裕などなく、アナルを押し拡げ、腸壁を抉りつづけるディルドウに激しくよがり泣いている。

もう腰から両脚にかけて完全に痺れきり、息をするのもつらい。

「なにが強すぎよ。恥ずかしい変態女の光にはこのくらいがちょうどいいのよ」

七菜子の攻撃がきついのは事実で、なぜだかはわからないが今日の彼女はいつも以上にサディスティックだ。

「あっ、あひっ、ひあああああ、だめ、ああああん、ああっ」

激しいピストンだが苦しいだけかといえばそうでもない。

淫らに開発され尽くした光の肉体は、腸を歪めるようなディルドウの食い込みにも見事に反応し、痺れきって堕ちていくのだ。

「ああん、光。はあああん、メスイキしてしまいます、ああああん」

ステージの上で百人近くいるであろう客たちの視線を一身に浴びながら、光は巨乳を激しく前後に揺らし、犬のポーズの身体を何度ものけぞらせるのだ。

（ああ……あんな目で見られてる）

近くの客席の者たちの表情はステージ上からでもうかがえるのだが、みんな目をぎらつかせて、肉棒のついた巨乳美少女が喘ぐ姿を見ている。

それが珍しいものを見る目なのか、それとも肉欲を込めているのかそこまではわからない。

(見て……恥ずかしい、お尻犯されてイッちゃう。光を笑って)

みんなが自分にどんな感情を抱いているのかはもう光にとってどうでもよく、ただ熱い視線に白い肌を焦がしながら、さらにマゾの性感を昂《たかぶ》らせるのだ。

「あっ、あああっ、光、もうイク、イッちゃう、あああん、ああっ」

四つん這いのまま頭を客席に向け、光は悶え泣きする。

激しく波打つ乳房の先端は尖り切り、勃起するのを忘れたかのような肉棒から、カウパー液を垂れ流す。

(ああ……気持ちいい、牝犬になるの最高よ)

もう身も心も快感に委ねて、光は直腸を抉りつづけるディルドゥに向けて自らヒップを突き出した。

硬い先端が腸壁に食い込み、前立腺が大きく歪んだ。

「はああん、はあああん、あああぁ、イクうううう」

同時に強烈な快感の波がすべてを呑み込み、光は頂点に向かった。

「あああああ」

小さな唇をこれでもかと開いたまま、光は少し脂肪が増えて女らしくなった全身をガクガクと痙攣させる。

獣のような絶叫がホールに響き、肉棒から白い薄液が水流となって噴き出して、ステージの床を叩いた。

「あっ、あああ、ああ……」

あまりの発作に身体を支えていられず、光はそのまま崩れ落ちる。

水たまりとなった薄液に身を投げだし、虚ろな表情で宙を見つめつづけた。


「あふ……んん……んん」

あまりに激しいドライオーガズムに追い上げられ、身も心もくたくたの光だったが、休む暇は与えられなかった。

今日は光が正式に夜会のメンバーとなった記念日だと称され、身体を清められたあとまた舞台に上げられた。

そこにはボンテージ衣装を着た綾乃と、そして、光のもっとも思いを寄せる先輩である朋弥が全裸で待っていた。

今や完全なる牝奴隷となった二人は綾乃に命じられるままに、ステージに膝立ちで向かい合いディープキスを交わしていた。

（朋弥くんの舌……温かい……）

自分より早く女になった朋弥とねっとりと舌を絡ませながら、光はなんだか身体が一つになっていくような気がしていた。

「あふ……んん……ん……」

全裸の朋弥の身体の前には光よりも一回り小さいが充分に大きな乳房がある。

光は無意識に両手を伸ばすと、張りのある巨乳をゆっくりと揉みはじめた。

「あふ……あん……光……おっぱいはだめ……はあん」

光の指が乳房に食い込みさらに乳頭を擦ると、朋弥は鼻にかかった声をあげて唇を離した。

「朋弥……ううん……朋美さんのおっぱいがすごくエッチに見えたから……」

彼女の反応が嬉しくて、光はさらに指を動かし、尖りはじめた乳頭部を軽く捻ったりを繰り返す。

「あっ、あああん、もう、お返し……」

光の攻撃に喘ぎながらも、朋弥も両手を伸ばして乳首に爪を立ててきた。

「ああん、それだめ、あああん、朋美さあああん。ああっ、私、ああん、エッチな声が止まらなくなるよう」

乳頭から背中に向けて甘い痺れが駆け抜け、光も声を引き攣らせた。

かつての先輩のことを光は完全に女として認知し、自らもまた女性として女の乳首を責めていた。

「あああん、光、ああっ、激しい」

二人はひたすらに喘ぎながら、乳首遊びを繰り返していた。

「あああん、だって、あああん、あああ」

「うふふ、仲がいいわね、二人とも。じゃあ今度はおチ×チンの舐めっこをしなさい」

甘い声をあげ合う二人の様子を見て綾乃が微笑みながら、次なる命令を下した。

「はい……ああ……光」

美しい顔をうっとりと蕩けさせた朋弥は、光の肩を押して押し倒してきた。

「ああ……朋美さん……」

光のほうもされるがままに冷たいステージの床に仰向けで身を横たえる。

「すごく可愛いよ……光」

そして色っぽい目線を向けて微笑んだあと、朋弥は頭を逆にして覆いかぶさってきた。

「うっ、あああっ、だめっ、あああっ」

ほとんど同時に柔らかい唇が亀頭に触れ、光は思わず声をあげてしまった。

指でまだだらりとしたままの光の肉棒を持ち上げた朋弥は、チュッチュッと亀頭にキスを繰り返し、ときおり舌で尿道口を刺激してくる。

「ああん、朋美さん、はあああん、そこは、ああん、ああっ」

熱く粘っこい朋弥の愛撫に光はなすすべもなく腰をよじらせる。

彼女の舌が触れるたびに切なくなるような痺れが湧き上がり、いやらしい声を抑えることもできない。

「感じやすいのね、光のおチ×チン」

朋弥は静かに言うと、竿の部分を強めにしごいてきた。

「あっ、だめっ、あああん、朋美さあああん。ああん、ああっ」

亀頭を刺激する舌も常に動いていて、竿と亀頭の二カ所同時の快感に光はひたすらに喘ぐばかりになる。

覆いかぶさる朋弥のこちらに向けられた尻たぶを掴み、ただひたすらによがり泣いた。

「光、自分だけ気持ちよくなってちゃだめよ、朋美ちゃんにもしてあげないと」

「は……はい……あああ、あふ……」

腰が勝手に躍るような激しい痺れに悶絶しながらも、光は綾乃の言葉に導かれるように目の前にぶら下がる肉棒にしゃぶりついた。

「あふっ、んん……んく……んん」

もうじっくりと舐めることから始めるような余裕もなく、いきなり吸いついて舌を激しく動かしていく。

朋弥の下で首だけを起こし、一気に喉奥まで亀頭を誘った。

「あっ、あああん、光、ああん、そんな激しい、ああ、んんん、んふ」

上に被さる身体をくねらせ、朋弥も甲高い声をあげて喘ぐ。

だがすぐに彼女も肉棒を喉の奥に向けて呑み込んでいく。

「くうっ、うく、んん、んんん」

快感に悶絶しながら、二人の改造された美少女はシックスナインの繋がりに没頭していた。

静まりかえったホールにヌチャヌチャとしゃぶり上げの音だけが響き、二階のバルコニー席にいる客も身を乗り出している。

（すごく硬くなってきた、朋美さんの……）

口内で朋弥の肉棒が大きさを増し、ガチガチに硬化していく。

美しい見た目に不似合いな鉄のように硬い肉棒に心奪われながら、光は激しく頭を振り立てるのだ。

「そろそろね。二人とも離れなさい」

白い身体を蛇のようにくねらせながらフェラチオする二人に綾乃が言う。

「んん……んふ……ああ……光」

「ああん……朋美さん……あああ」

二人とも名残《なごり》惜しそうな顔をしているが、綾乃の命令は絶対なので渋々、怒張から唇を離した。

光の巨根も、朋弥の肉棒も大量の唾液にまみれ、若々しく天を突く亀頭がヌラヌラと淫靡に輝いていた。

「朋美は四つん這いになりなさい」

「はい……」

ふだんは白い頬を真っ赤に上気させている朋弥は、綾乃の声にすぐ反応して両手と膝をステージにつき、形のいいヒップを後ろに突き出した。

「いい子ね。さあ、光。あなたはここにおち×ちんを入れなさい」

犬のポーズの朋弥の横にしゃがんだボンテージ姿の綾乃は、両手で彼女の尻たぶを大きく開いた。

ぷっくりと膨らんだセピアのアナルがその姿を晒す。ふと見ればその入口はわずかに口を開いていた。

「わ、私……ですか……」

今までアナルを犯されたことはあっても、挿入経験のない光はさすがに躊躇《ためら》った。

「怖くないから大丈夫よ。それにほら朋美のアナル、あなたがほしくてヒクヒクしてるわ。そうでしょ、ねえ」

妖しい笑みを浮かべた綾乃のは指で軽く開きかけの肛肉をつついた。

「あっ、はあああん、ああっ、ほしくてたまりません。ああっ、光、早くう」

朋弥はもう興奮の極致にいるのか、切ない声をあげ、四つん這いの身体をくねらせている。

ユラユラと揺れるアヌスもヒクヒクと脈動していて、光はその動きに魅入られるように近づいていった。

「いくよ、朋美さん」

もう覚悟を決めて光は朋美の後ろに膝をついた。

「ああ、光、あっ、あああ」

硬化している野太い亀頭部が肛肉に触れると、朋弥は大きく喘ぎ、綾乃は白尻を引き裂いていた両手を離す。

光はじっと息を呑んだまま肉棒を前に押しだした。

「くうう、朋美さんのアナルきつい」

怒張が括約筋を拡げると、光もその強い締めつけに顔を歪める。

締まりの強いアヌスは逸物を食いちぎらんばかりに食いついてきて、強い快感に襲われたのだ。

「あああん、はあああん、光のおチ×チン、ああん、すごいいい、ああっ」

「ううっ、僕も、あああん、朋美さんの、ああっ、お腹、気持ちいい」

腰が震えるような痺れに耐えながらさらに深く挿入し、亀頭を中にすべり込ませると、今度は濡れた腸壁が絡みついてくる。

彼女の直腸はずっと脈動していて、光もたまらずに声を上げた。

「おお、すごい、なんて背徳的で、いやらしいんだ」

最前列にいる客の男性が惚けた顔で呟く声が聞こえてきた。

細身の身体に巨乳を持ち、顔も体型もどうみても女性の二人の股間に、しっかりとした生の肉棒がある。

それだけでもかなり異様な姿なのに、その二人が動物の交尾のようなポーズで繋がっているのだ。

この世の光景とは思えないような淫靡で悪魔的な行為だが、反面、二人の見た目もあって神々《こうごう》しさを感じさせる美しさもあり、客たちは目を見開いたまま、じっと見惚れていた。

「あっ、あああん、光、ああっ、あああ」

ただ悦楽に溺れる二人は、周りの雰囲気などもうおかまいなしに、ただひたすら一方はアナルを開き、もう一方は腰を振り立てる。

「はううう、ああん、朋美、もう壊れちゃう、ああん、ああっ」

朋弥はもう息も絶えだえになっていて、大きく唇を開いてよがり狂っている。

「くうう、朋美さんの中、締めてきた、くううう」

彼女の昂ぶりと共に激しく脈動する腸壁に、肉棒を搾り取られる光は射精しそうになるほど気持ちがいいが、どこか物足りない。

「あ……あああん……光も、あああん、ほしい、あああ」

懸命にピストンしながらも光はいつしかアナルをひくつかせ、ヒップをくねらせていた。

（ああ……もう光は女の子だもん、あああん、入れてほしい）

もう肉棒よりもアナルのほうが性感の源泉となっていて、光は自分が牝だということを再認識しながら、腰を揺らすのだ。

「いいわ、光。野口、ステージに」

すぐに察してくれた綾乃が言うと、会場の奥から野熊のゴリラのような身体が姿を見せた。

彼はすでに全裸で、深い毛に覆われた股間にそそり立つ逸物を手でしごきながら歩いている。

「なにをすればいいのかわかるわね、野口」

「はい、綾乃様」

ステージに上がった野熊は一度も立ち止まらずに、四つん這いの先輩を貫いている光の背後に膝をついた。

そして、真っ白で染み一つない光の背中を押して、朋弥にのしかかるような体勢にさせた。

「いくぞ、光たっぷりと味わえ」

密着する二人の美少女にさらに身を重ねるようにしながら、野熊はその巨根を押し出してきた。

「ひああ、あああん、大きい、ああん、裂けちゃう」

大きいことがコンプレックスだった自分のモノよりもさらに巨大な野熊の逸物が、小さな肛肉を引き裂き侵入してくる。

最初は身体が引き裂かれるような圧迫感に絶叫した光だったが、それもすぐに快感に変わる。

「あああん、すごい、あああん、お腹の中がいっぱいになってるよう」

ズブズブと腸壁をかき分けてこん棒のような怒張が侵入してくる。

張り出した亀頭のエラが敏感な粘膜を抉るたびに、身体中を焦がすような電流が突き抜けていった。

「お前のケツマ×コの具合もいいぞ、光」

一気に根元まで肉棒を押し込んだ野熊は間髪入れずに腰を使いだす。

「あっ、あああん、先生、ああん、いい、気持ちいい、あああん」

艶のある嬌声をあげ、張りのある巨乳をこれでもかと揺らしながら、光はひたすら快感に溺れていった。

「ああん、光、そんなに動いたら、あああん、私、もう、ああん、ああっ」

野熊のピストンは勢いそのままに、一番下にいる朋弥に光の肉棒を食い込ませる。

巨大な逸物でずっと責められていたせいか、朋弥は狂ったように絶叫して腰を揺らした。

「くうう、朋美さん。あああん、そんなに締めたら、ああん、僕両方」

アナルと肉棒を同時に責められ、光の大きく身体をのけぞらせる。

二つの快感が身体の中で混じり合い、意識も途切れとぎれだ。

「ああっ、朋美、もうだめっ、あああぁ、イク、メスイキするぅ」

そして一足先に朋弥が限界叫び、頭を激しく横に振って悲鳴をあげた。

「イクうううううう」

白い細身の身体がガクガクと痙攣を起こし、朋弥の股間の肉棒からカウパー液が滴る。

絶頂の発作は激しく、直腸もそれに呼応して光の怒張を強く食い絞めてきた。

「はああん、私も、出ちゃう、あああん、ああっ」

先に肉棒のほうが限界を迎え、光も腰を震わせた。

肉茎が激しく脈打ち、光は腰を朋弥のヒップに押しつけながら震わせた。

「はうっ、出る、うううっ」

睾丸がないせいで若干薄い精液が朋弥の腸内に放たれる。

ドクドクと脈動する怒張から何度も液体が発射されていった。

「ああん、すごい、ああん、たくさん入ってくる、ああん」

射精すら快感に変えているのか、朋弥は虚ろな表情で声をうわずらせながらすべてを受け止めている。

そして、ようやく光の発作が終わると、ステージの上に崩れ落ちた。

「あ、くうううっ、あああああん、奥に」

朋弥という支えがなくなり、光は慌てて両手をついて自分の身体を支える。

腸内に入っている野熊の巨根の角度が変わり、亀頭が強く食い込んできて、また新たな快感に悶絶した。

「最後は俺も出してやるぞ、イクんだ、光」

四つん這いの体勢になった光のヒップに自分の腰を打ちつけるようにして、野熊はピストンしてきた。

「あああん、そんなに強く、ああん、私、あああん、ケツマ×コ壊れちゃう」

今度はアヌスと腸肉の快感に光はよがり狂う。

犬のポーズの白い身体の下で大きなバストと力を失った肉棒が激しく前後に揺れる。柔らかくなった肉棒の先端からはさっきの射精のなごりが滴り落ちていた。

「ああああん、だめっ、あああっ、いやっ、また来る、あああん、ああっ」

泣き声を上げても野熊のピストンは止まらず、エラがこれでもかと腸壁を抉りつづける。

意識しているのか亀頭部が光の肉棒側に強く擦りつけられていて、前立腺が大きく揺らされていた。

「はあああん、もうだめっ。ああっ、光、あああん、メスイキしますう」

射精からわずかな時間で、光は違うエクスタシーに向かっていく。

身体はだるくてボロボロなのに、快感の暴走は止まらず、巨乳を波打たせながら、光は何度ものけぞった。

「いいぞ、イケ。俺も出してやる、おおおっ」

野熊も最後とばかりに力を込めて腰をぶつけてくる。

直腸に鉄のように硬化した怒張が何度も食い込み、白い身体が激しく痙攣した。

「あああん、メスイキ。あああん、イクうううう」

そしてまた激しいエクスタシーがやってきて、光はすべてを奪われる。

可愛らしい唇をこれでもかと開いてピンクの舌を見せながら、女となった肉体を絶頂の波に沈めた。

「ううっ、俺も、出るぞ、くうううう」

野熊もまた限界を迎え光の腸に向かって精を打ち放った。

「あうっ、あああっ、来てる、あああん、先生の精子濃いです、あああん、光のケツマ×コ幸せですう」

大量にぶちまけられた粘液を光は恍惚とした表情で受け止めている。

喘ぎつづける光の前には満足げな表情で朋弥が身体を横たえていて、アナルから白い精液が溢れ出している。

禁断の快楽に沈んだ二人の改造美少女を見つめながら、綾乃が嬉しそうに微笑んでいた。

「光です……今日は初めてで至らないところがあるかもしれませんがどうぞよろしくお願いします」

ピンク色のシースルー生地のキャミソールに、Fカップのバストを透けさせた光は、床に三つ指をついて頭を下げた。

「朋美です、誠心誠意ご奉仕いたしますので、よろしくお願いします」

隣では同じデザインだが、黒いシースルー生地のキャミソールを着た朋弥が頭を下げた。

前には数十人の夜会の会員たちが裸で並んでいる。

夜会の仕上げとして、光と朋弥は客たちをその身体で満足させることとなったのだ。

「では、光ちゃん。その可愛い唇でワシのをしゃぶってもらおうか」

一人の中年男が光の目の前に股間を突き出す。

「ああ……すごく硬くて逞しい……」

すでに勃起している逸物を握りしめた光はうっとりした表情で、亀頭に舌を這わしていく。

「ああん、おチ×チン美味しい……」

男の香りの強い亀頭を舐め、口の中に苦い味が広がると、光は目を潤ませて腰をよじらせた。

凄まじい責めを受けてくたくただったはずなのに、胸が熱くなり、そしてアナルが疼きだすのだ。

おそらく今夜は夜通し犯されてイカされつづけるのだろうが、とことんまで自分を肉欲に蕩けさせてみたいと、光は思うのだ。

「あふ……んん……牝犬の光をたっぷり可愛がってください、あぁん、ああ」

身体の内から止めどなく溢れ出る淫らな昂りに身を任せ、光は顔に艶やかな笑みを浮かべ、肉棒を唇で包み込んでいった。

◉新人作品**大募集**◉

マドンナメイト編集部では、意欲あふれる新人作品を常時募集しております。採用された作品は、本人通知のうえ当文庫より出版されることになります。

【応募要項】未発表作品に限る。四〇〇字詰原稿用紙換算で三〇〇枚以上四〇〇枚以内。必ず梗概をお書き添えのうえ、名前・住所・電話番号を明記してお送り下さい。なお、採否にかかわらず原稿は返却いたしません。また、電話でのお問い合せはご遠慮下さい。

【送付先】〒一〇一‐八四〇五　東京都千代田区三崎町二‐一八‐一一　マドンナ社編集部　新人作品募集係

名門お嬢様学園《めいもんおじょうさまがくえん》　鬼畜生徒会の女体化調教《きちくせいとかいのにょたいかちょうきょう》

著者◉小金井響【こがねい・ひびき】

発行◉マドンナ社
発売◉二見書房

東京都千代田区三崎町二‐一八‐一一
電話　〇三‐三五一五‐二三一一（代表）
郵便振替　〇〇一七〇‐四‐二六三九

印刷◉株式会社堀内印刷所　製本◉株式会社関川製本所　落丁・乱丁本はお取替えいたします。定価は、カバーに表示してあります。

ISBN978-4-576-16107-5◉Printed in Japan◉

オトナの文庫マドンナメイト

牝母と奴隷娘 淫獣の調教部屋
深山幽谷/女中となった人妻は娘と鬼畜たちの餌食に…

奴隷淫技 闇に堕とされた妖精
深山幽谷/新体操の選手である美少女が失踪を遂げ…

特別少女院 闇の矯正施設
深山幽谷/隔絶された収容所で残忍な調教が始まる！

美少女調教 凌辱の館
深山幽谷/少女の未熟な器官に容赦ない辱めが加えられ

令嬢奴隷 恥虐の鬼調教
佐伯香也子/清純女子大生に襲いかかる調教の数々…

美娘とその熟母 淫らな復讐
柏木春人/復讐を誓った男は令嬢の処女を奪うべく侵入し

美姉妹調教 姦る！
柏木春人/四つん這いの姉を凌辱、妹の処女を奪い…

飼育 美少女徹底調教
松平龍樹/華奢な肢体のエミは激しい嬲りに歓喜の声を…

名門女学園 鬼畜の補習授業
麻田礼央/名門校の純情美少女が鬼畜教師の餌食に…

美姉妹教師 魔の催眠絶頂
藤 隆生/姉妹教師が催眠で操られ、過酷な辱めを受け…

接待専用OL 恥辱の新人研修
藤 隆生/新人OLは衆人環視なか秘裂の奥を…

魔虐の診察室 人妻女医の長い夜
阿澄慎司/奥手な人妻女医が性奴隷へと堕ちていく…

Madonna Mate